俺の初恋にさわるな

玄上八絹

幻冬舎ルチル文庫

CONTENTS ✦目次✦

✦俺の初恋にさわるな

✦イラスト・平眞ミツナガ

✦カバーデザイン＝久保宏夏（omochi design）

✦ブックデザイン＝まるか工房

俺の初恋にさわるな

まずい、寝坊した。

急いで顔を洗って鏡を覗《のぞ》き込みながら、水だけで跳ねた髪を手早く直す。

髪を短くしているし、染まりにくいほどの黒髪だから跳ねたらとても目立つ。たまに視線がきついと言われる目だが、寝起きはさすがにとろんとしていた。眉根《まゆね》に皺《しわ》を寄せながら慌てて歯みがきをする。朝食より先になったが、しないよりはましだ。

ばたばたと洗面所を出て、キッチンに向かうと母が朝食の用意をしてくれていた。

「おはよう母さん」

「おはよう、お仕事、間に合うの？」

「うん。全然平気」

「お弁当、詰めたわよ？」

「ありがとう、助かった。えっと、そこのトレーちょうだい」

と言って林実晴《はやしみはる》はトースターの隣に立ててある、サクランボ柄の小振りなトレーを引き出した。

トレーの上に皿を載せ、弁当のおかずの残りのオムレツをスプーンで掬《すく》って、豚の生姜《しょうが》焼きとインゲン豆の胡麻和《ごまあ》えをぐしゃぐしゃに載せる。

「部屋に持っていかなくたって、今テーブルについて食べていきなさいよ」

「時間がないんだよ」

「だから、そこで今食べればいいじゃない」

「いいじゃん、間に合うんだから。ごめん、ご飯よそって」

不可解な顔をする母を尻目《しりめ》に、味噌汁《みそ》をトレーに載せたところで、母が差し出してくれたご飯茶碗《ぢゃわん》を受け取る。その上に漬け物をいくつか載せた。

「階段で転ばないようにね？」

「気をつけるよ。お茶……いや、水、ちょうだい」

「……はいはい」

呆《あき》れた返事の母に、湯のみに水を注いでもらってトレーに載せ、実晴はキッチンを出た。

揺れる味噌汁の表面に気をつけながらとんとんと階段を上り、自室のドアを開ける。

丸い壁時計を仰《あお》ぐ。

六時二十分。予定時刻の六分前。セーフだ。たぶん。

机にトレーを置き、しゃっと部屋のカーテンを開けると、青空が見える。

夏を目前にした、晴れても雲が目立つ空だ。

実晴は、ロックを外して窓を開けた。

すぐ下には狭い庭。その向こうにはクリーム色の塀があって、その向こうは大きめの道路。

道路を挟んでデザイン的な塀に区切られた広い駐車場があり、奥のほうに大きなマンションがいくつも建っている。

自宅の周りは昔からの住宅街だ。最近駅の近辺が再開発されて、この辺りまでずいぶん街っぽくなった。実晴の実家はずっと前からある分譲区画の一戸建てで、この道路を隔てて、何本も空に聳《そび》えているのが、再開発とともにやってきたマンション群だ。

手すりのついた窓枠に腰かけて外を覗く。

少し左側、道路の向かいにシルバーの屋根がついたバス停がある。あたりに人影は見えない。間に合った。

もう一度時計を確認してから、実晴は机の上に置いていた茶碗に手を伸ばした。オムレツをおかずにごはんをほおばる。ケチャップをかけ忘れたと思ったが、中は牛のひき肉のそぼろが入っていた。醬油《しょうゆ》の風味にとろりと半熟の甘い卵がとても旨《うま》い。

続けてインゲン豆や豚の生姜焼きを食べていると、何となく遠くのほうで影が揺れたような気がして、実晴は急いでトレーに茶碗を戻した。片手で口許《くちもと》を覆《おお》いながらもぐもぐ咀嚼《そしゃく》し、呑《の》み込んだあと湯のみの水を呷《あお》る。机の上に放り出していたスマートフォンを引き寄せて画面を開いた。

その間にも人影がはっきりした棒状になる。

スーツ姿に片手に四角い鞄を提げている。喉《のど》元に手をやっているのはネクタイの具合でも確かめているのだろうか。
よかった、今日も間に合った。そう思いながら実晴は、身を乗り出して人影が近づいてくるのを待つ。
爽《さわ》やかな朝の光の中、真っ直《まっす》ぐにこっちに歩いてきてバス停の屋根の下に入る。そのあと彼は必ず、道路際まで出てきてくれる。
彼がこちらを向いた。実晴に気づき、軽く手を上げる。動く口許が「おはよう」と言ってくれているのがわかった。
彼が俯《うつむ》くとすぐに、スマートフォンのメッセンジャーの音がする。
——矩《のり》《おはよう》
すぐに返事をした。
——ミハル《おはよう、矩さん。朝、暑くなったね》
——矩《外は気持ちがいいよ。風邪は治った？》
——ミハル《もうぜんぜん平気》
——矩《よかった》
外とスマートフォンの画面を見比べながら、言葉を交わす。
——矩《じゃあ、週末遊びに来る？》
——ミハル《うん。お茶を飲みに行ってもいい？　今日はどこかに行くの？》

——矩《今日は出張。日帰りだけど、家に帰るのは深夜になりそう》
——ミハル《忙しいんだね。身体《からだ》、大丈夫？》
——矩《元気。実晴は忙しい？》
——ミハル《忙しい、ってか大変。矩さんほどじゃないけど》
——矩《俺は、移動とかで時間を使うけど、がんばり具合は同じじゃないかな》
「……」
矩さん、優しい。
画面の上で泡のように弾《はじ》けるメッセージに、思わず涙ぐむとき、彼の姿をバスが遮った。
実晴はかまわずにメッセージを送る。
——ミハル《週末、矩さんが疲れてなかったら行く》
——矩《実晴が来るのを楽しみに、週末まで頑張るよ》
——ミハル《いってらっしゃい。気をつけて。出張、どこ？》
——矩《大阪》
——ミハル《たこ焼き食べたい》
そうメッセージを送ると、笑顔のスタンプが返ってきた。デフォルトの、あまりおもしろくないヤツだ。
彼は普段あまりメッセンジャーを使わない。今使っているものは実晴がやや強引に始めて

もらったもので、今も相手は実晴と彼の母だけなのだそうだ。

メッセンジャーは今や、日常のコミュニケーションに必須なツールだ。会社で誰にも誘われないの？　と訊《き》くと、苦笑いで彼は答えた。

――会社ではやってないことになってる。みんなに知らせると絶対、《グループに入れなきゃならない人の対象》になるから。

いわゆる《おつきあい》の一環だ。特別仲がよくなくとも、いつも顔を合わせるメンバーだと、IDを聞いて、登録しないのがマナー違反、のような変な雰囲気が生まれることがある。

実晴は高校や大学の同級生がせいぜいだが、彼なら同じ部署の人、上司、同僚、同期、企業でも登録してくれと言うところも多いだろう。公表して誘いを断わるよりも、メッセンジャーに登録していないと嘘《うそ》をつくのが楽だというのは想像がついた。それにメッセンジャーに延々と貼《は》りついている姿は、彼に似合わない。

――実晴だけで結構大変。

彼はからかうように実晴に言った。

実晴がメッセージを送るのは、用事がなければ朝だけなのだが、それも負担かと訊くと、

――実晴と話がしたくて始めたから実晴はいいんだよ。朝、声をかけてもらうと、一日がんばろうって気持ちになるしね。

と相変わらず優しいことを言ってくれた。

少し待ってみたが、これ以上メッセージは返ってこないようだ。実晴はスマートフォンを机に戻して、再び茶碗を手に取った。残りのおかずをあれこれと口に詰める。

いいな、大阪か。

会社員の彼は、週に一度か二度くらい出張に出かける。実晴の仕事は今のところ、出張とは縁がなさそうだ。勤務時間内とはいえ出張が大変なのはわかっているのだが、社会人になったのだから、一度くらいは《出張に行ってくる》と言ってみたい。

朝からほんわりと憧《あこが》れながら、ぐちゃぐちゃにおかずを盛ってきた皿を空にして、味噌汁も全部呑みほして実晴は立ち上がった。

窓の鍵《かぎ》をかけなおして部屋を出る。階段を降りてキッチンに戻った。

「ごちそうさま」

「一体何なの？」

不審そうな顔で実晴を見る母は、毎朝彼と窓越しにやりとりしていることを知らない。寝坊したときは、彼のバスの時間に間に合うよう、窓辺で食事を済ませているなど想像もしないだろう。

「何でもないよ。それより、お弁当ありがとう。やっぱり母さんが詰めたほうがおいしそうに見える」

就職してから、毎朝母がおかずを作ってくれて、自分で弁当箱に詰めるのだが、実晴が寝坊をした日は母が詰めてくれる。好きなおかずを好きな割合で詰め込む実晴に比べ、母が詰めてくれると見た目のバランスがいい。リーフとか、プチトマトとか、ピーマンの青いほうを上に向けておいたりとか、彩りがきれいだ。

「そりゃ、お弁当歴二十五年ですもの。お世辞言っても何も出ませんよ?」

「これで十分です!」

弁当箱を捧げ持って、実晴はぺこりと頭を下げた。

急いで蓋《ふた》をして、弁当ケースに箸《はし》箱と一緒に入れる。携帯と財布とパスケースを上から放り込んだ。

「あまり急いで怪我《けが》しないでよ?」

「わかってる。そんなにギリギリじゃないから」

彼の見送りと朝食がこの時間に終わっていれば、このあとのタイムテーブルはいつも通りだ。

「仕事はうまくいってるの?」

「まあ、そこそこ」

仕事用の半袖《はんそで》Tシャツと、上にチェックの前あきシャツ。下はジーンズ。これが実晴の仕事着だ。

ばたばたと用意をしていると、母が実晴が下げてきた茶碗を洗いながら言う。

「そういえば、昨日久しぶりに千堂《せんどう》さんから電話があったの。いつも差し入れすみませんって」

「……矩さんのお母さんから？」

バッグを持ち上げようとするのをやめて、実晴は顔を上げた。

「そう。矩文《のりふみ》くんから、ついでがあったら電話でお礼を言っといてって言われたんだって。いつも実晴にもお礼を言ってくれるのに、あの子、大きくなっても礼儀正しいわねえ」

「そうだね」

二十六歳で、身長百八十を越えるスーツの男に《あの子》はどうかと思うが、母親の賛辞は満足だ。実晴は帆布のバッグの留め具をかけた。

矩文の母と、実晴の母は遠縁に当たるそうだ。母の祖母同士が親戚《しんせき》とかいう関係で、矩文と自分はもはや従兄弟《いとこ》とか又従兄弟とかいう関係性の名前が付かないような遠い血縁だ。

何かのきっかけで遠縁に当たるということがわかって、親戚づきあいというより、血縁をきっかけに、親しい近所づきあいを続けている。実晴が彼を《矩さん》と親しく呼ぶのはそのせいだ。小さい頃は《矩くん》と呼んでいたが、あんな立派な人に《くんづけ》では幼い気がして、矩文が大学生になったとき、矩さんに呼び方を変えた。

「おかずの差し入れでそんなにお礼を言われたら、実晴なんて死ぬまで毎日矩文くんにお礼を言わなきゃならないわよ」

「ほんとにそう」

この話を聞くとまた長くなりそうだから、実晴はバッグを手にテーブルから離れた。

「そろそろいってきます」

「いってらっしゃい。それで矩文くん。今日から大阪に出張だそうよ?」

知ってる、という返事を笑いで噛《か》み潰《つぶ》して、実晴は「そうなんだ?」と答えてキッチンを出た。

玄関で靴を履き、ドアを開ける。銀色の雲が眩《まぶ》しい、梅雨《つゆ》間近の朝の空だ。

出勤ラッシュを控えて、門から見える道路には車が増え始めていた。

今日も矩さん格好よかったな。

実晴は、車庫に停《と》めている自転車を引き出した。夏らしいグレーのスーツだった。鞄は新調したように見えたがどうだろう。

左向こうに聳え立つ白いタワーマンションのほうを眺めて、広がる空を見た。

大阪は、晴れるだろうか。

† † †

あんなにひどい火事だったのに、今も残る実晴の傷跡といえば、左手首の下の小さなケロイドだけだ。

小学校二年生の頃、実晴の家が火事になった。あとで聞いた話では、原因は漏電ということだ。

母は買い物に出ていて、実晴は居間で一人テレビゲームで遊んでいた。当時、実晴の家は別の場所にあって、矩文の実家のすぐ近所だった。

その日も、矩文が学校から帰宅をしたら遊びに来てくれる予定で、前日矩文が教えてくれた攻略情報をヒントに、ゲームの中のキャラクターを、画面のあちこちで跳ねさせるのに熱中していた。

その頃すでに矩文は、実晴にとって憧れだった。幼い実晴の世界のすべてだったと言っていい。

矩文とはじめて出逢《であ》った日のことを、実晴は今でもはっきり思い出せる。実晴が幼稚園の年中の頃だ。

——のりふみくんです。仲よくしてね、みはるちゃん。

母親の友だちらしき人が、実晴に微笑《ほほえ》んだ。

幼稚園から帰ってきたら、家に知らない子どもがいて、紹介された。幼稚園の友だちよりもかなり大きくて、すらっと背の高いお兄ちゃんだった。

――みはるちゃん。こんにちは。

母親のスカートを摑《つか》んだ自分に、矩文がそう言って声をかけてくれた。箱に入ったお菓子を渡してくれ、反対の手で握手をしてくれた。

――ぼくは、せんどうのりふみ。小学校二年生。

少し屈《かが》めた半ズボンの膝《ひざ》とか、ぴかぴか光るランプがついた黒い運動靴とか、差し出された手の先が少しかさついていたことが、今でも鮮明に思い出せる。

《しんせき》だと言われた。早速翌日幼稚園の先生に話すと《いとこかな？》と聞かれたが、母は違うと言った。他の友だちも《いとこ》はとても特別なことのように言うから、矩文がいとこじゃなかったのは残念だったが、矩文を見ているとそんなことはどうでもよくなった。

まずランドセルに憧れた。矩文のランドセルは紺色で、ランドセルの横腹に防犯ブザーと人気アニメのキャラクターのキーホルダーがついているのがものすごくかっこよく見えた。チラチラ光るランプのついた靴にも憧れて、矩文と同じ靴が欲しいと泣きわめいて買ってもらったのはいいが、一番小さいサイズでも実晴には大きすぎて履けず、何度も箱を開けながら実晴の足が大きくなるのを待つ日々だった。

小学校に上がる頃には、矩文への憧れは、特別を通り越してぶっちぎっていた。矩文は成績がよく、背も高くて、運動会や表彰、生徒会、水泳大会、ことあるごとに矩文が一人選ばれて、壇上に上がらないことはなかった。

そのたび友人に矩文のことを自慢した。彼と自分は親戚なのだと得意になった。

同級生と遊んでいるとき、矩文と会うと、「早く帰れよ?」と声をかけてくれるのも自慢だった。そのまま友だちと別れ、矩文にくっついて帰るくらい矩文が特別だった。

矩文の実家との距離が今より近い頃だったから、今より行き来は頻繁で、自宅で料理を多めに作ったとき、矩文がお裾《すそ》分けを持って訪ねてくれるのも嬉《うれ》しかった。普通の料理しか作らない母に比べて、パン教室の先生をしている矩文の母がくれるものは、見たことのない彩りの料理や、焼きたての珍しい形のパンだったことも、なぜか矩文の株を上げていた。

学校では優秀で、かっこいい靴を履いていて、ゲームソフトをいくつも持っていて、誰も知らないような場所までクリアしていて、塾に通い、一人でバスに乗って母の職場に会いに行ったり、六年生の彼の鉢巻きが長かったり、とにかく《実晴ちゃんには矩文が王子様みたいね》とからかわれるくらい、同じ歯ブラシから同じキャラクターがついたふでばこまですべて矩文の真似《まね》をして、生活の基準のすべてが矩文だった。

そして決定打が火事だ。

ゲームで遊ぶのに夢中で、火事に気づいたのは、鼻に刺さるおかしなにおいが部屋に流れ込んできた頃だった。

きな臭く、焦げたようなにおいがしたから、何となくキッチンに行ってみた。母はいなくて煙も出ていなかった。首を傾《かし》げながら居間に戻るとドアの隙間《すきま》から煙が漏れている。ドアの外から、パチパチ、かちかちと音がしている。

外から煙が来ているのかと思って、ドアを開けた。

急にぶわっと煙が吹き出した。灰色の濃い煙の隙間から、ごうと火が吹き出す。

実晴は慌ててドアを閉めた。

——火事……？

怖いというより、意外すぎて信じられないというのが実晴の感想だ。これが火事なのか。火遊びをするな、火事に気をつけろとさんざん言われ続けてきたけれど、まさか自分の家が火事になるなど思ってもみなかった。

動揺はゆっくりやってきた。左手首の辺りがひりひりする。手を上げて、小指の下の方を覗き込むとスタンプを押したように赤くて丸い跡がついている。火を吹くドアを閉めるときに、ぺたりとくっつく感じがした。焼けたドアノブに触ってしまったらしい。

どうしよう。居間の外はすでに火の海だ。

キッチンと居間をうろうろしていたがキッチンの裏口には、父が飲む缶ビールの箱が積み上げられていて、実晴には動かせそうにない。キッチンの窓の前には格子があって、あそこからは出られない。

ドアから漏れる煙がどんどんひどくなり、キッチンにまで流れ込んできた。たぶん玄関のほうから火が来ている。逃げ場所がない。

死ぬかもしれないという実感がようやく実晴に訪れた。急に怖くなって震えが来たが、実晴には何もできない。

――お……お母さん、お母さん、のりくん助けて！

やっと我に返って実晴は叫んだ。

扉を開けたら、先ほどのように火が吹き込んできそうだ。電話機は玄関のほうにあるから助けてと、電話をかけることもできない。

漏れてくる煙で部屋がうっすら白くなってくる。熱くはないが、息を吸うたび喉が痛くなって、咳《せき》が出始めた。呼吸が苦しい気もする。

――助けて、お母さん、お父さん、のりくん！

母は買い物で、父は会社だ。

怖い、としか、考えられなくなったとき、急に廊下側のドアが開いた。

――みはるちゃん！

現れたのは矩文だった。

とにかくびっくりした。あの火の中をどうやって、というか、何でそんなところから？というような、唐突な場所から矩文は現れた。キッチンと廊下とトイレに繋《つな》がるドアで、矩文がいつもやってくるドアは居間のドアだった。

――みはるちゃん、大丈夫!?

矩文は実晴に駆け寄り、無事を確かめたあと、実晴の手を引き、キッチンの裏口へ行った。

——危ないから下がってて！

そう言って、五箱以上積まれたビールのダンボール箱を二つ退け、ダンボールとドアの間に手を突っ込む。カチリと鍵《かぎ》がはずれた音がしたあと、どんどん！とドアを叩《たた》きながら、矩文は叫んだ。

——開けてください！僕達はここです！

すぐに外からドアは開き、矩文はビール箱を自力で乗り越え、実晴は大人に抱えられて連れ出された。

大人に抱かれて庭に出ると、丁度母親が帰ってきたところだった。実晴、と叫んだ母の金切り声は、今も耳にこびりついている。

振り返ると屋根の向こうにもくもくと立ち上る煙と、炎の先端が見えた。遠くから消防車の音が聞こえ始めた。

取り乱した母親に抱き締められたり、何ともないと言ったのに救急車に乗せられて病院に連れていかれたり、慌ただしいばかりでその辺りの記憶は曖昧《あいまい》だ。

火事の騒動が一段落ついたあと、実晴と矩文の両親と、警察と消防士に囲まれながら、矩文はそのときのことを説明した。

——トイレの窓が開いているのに気づいて、僕ならここに入れると思ったから。

子どもの機転だ。危険すぎると誰もが矩文を叱《しか》ったけれど、矩文が入ってきてくれなかったら、実晴はあのまま煙を吸って死んでいたと聞いた。

——みはるちゃんとゲームで遊ぶ約束をしてたから、絶対中にいると思った。

感謝や安堵《あんど》で、矩文が一言喋るたび、わあわあ声を上げて泣きながら、この人しかないと実晴は思った。

何がかはよくわからなかったが、実晴の中で誰が特別かと言われれば、両親以上に矩文が特別だというのが実晴には自然だった。

客観的に見ても、矩文は実晴の命の恩人だ。矩文がいなかったら今頃実晴はこの世にいない。自分の危険を顧みずというのも実晴の中ではものすごく特別なことだった。いつか矩文のために自分も危ないことをしようと心に決めたが、何をさせてもそつのない矩文には、その後まったく危なっかしいところはなかった。

実晴の家は、ほぼ全焼で、家を建て直さずに引っ越すことになった。

矩文と家が離れてしまう。

——みはるちゃんとお別れするのは嫌だ。

寂しそうな矩文に見送られ、実晴も枯れ果てるほど泣いて引っ越すのを嫌がったのだが、何のことはない、引っ越し先は隣町で再会はすぐだった。具体的には新築祝いを持って、矩文が両親と遊びに来てくれた。

そのあとを話すと長くなるのだが、矩文は東京の大学に進学し、故郷の都市部に就職して県内に戻ってきた。実家から通えないこともないのだが、通勤の便がいいということと、矩文の帰宅時間が遅くなり、かえって家族に心配をかけそうだという理由から、矩文は実晴の家の斜め前に建った新しいマンションに部屋を買った。

そこでたまたま実晴の部屋からバス停が見えるのに気づき、矩文の出勤時間があのタイミングであるのに実晴は気づいた。

以来《出勤前は習慣として窓を開けている》と思わせるようなタイミングで、毎朝必死にあの窓辺にいるというわけだ。お陰で就職してからこのかた遅刻したことがない。

実晴の通勤は基本的に自転車だ。雨の日は電車を使う。

矩文を見送り、あれこれ持って出発すると、七時過ぎに到着する。

実晴は、職場がある商店街に自転車のまま入った。午前十時までは乗り入れ可能だ。それ以降は夕方まで歩行者専用となる通りだ。

細い路地に曲がろうとしたとき、コンビニのゴミ箱の前にいる女性がこちらに向かって声をかけてきた。

「っはよ！　実晴！」

元気な声で手を振ってくるのは、奥山香絵《おくやまかえ》という高校のときの同級生だ。

「おはよう、香絵。もう上がり？」

「もう少し。あと一時間くらいかな」

ショートカットで、腰に小さなモップのようなクリーナーを差している。実晴と同じくらい背が高く、元バレー部だ。

「夜勤、よく続くな。真夜中とか変なヤツに気をつけろよ？」

香絵は今、創作の服飾で起業しようと一生懸命だ。服飾の専門学校を出てインターネットショップを基点に自作の服を売っていて、だいぶん売れるようになったというが、まだまだそれでは食べていけないらしい。コンビニで働きながら服を作る。あちこちのコンテストに応募もしているらしい。

「実晴に心配されたくないな。あんたがバイトしてたときも、私のほうがしっかりしてたもん。喧嘩《けんか》も私のほうが強そうだし」

「まあ……、そうだけど」

「そこ否定しろよ！　女子に対するマナーがなってねえな！」

蹴《け》ってくるマネをする香絵に、実晴は笑った、
高校の同級生で職場が近くだ。さらに実晴が高校生のとき、一緒にこのコンビニでアルバイトをしていたから、いまだに仲がいい。

香絵はきれいに伸ばした睫毛《まつげ》をしばたたかせて、上目遣いに実晴を見た。

「個人的な差し入れに来てくれてもいいのよ？　実晴くん」

「二枚舌の女子は信用がなくなるよ？　まあそのうち、うまくなったら一回くらいは考える」

「実晴が売り物作れるのを待ってたら何年かかるかわからないじゃない」

「そんなにかからないよ、香絵が起業するまでには余裕」

「ひどい！」

香絵のふくれっ面に笑い返して、コンビニ横の細い路地を曲がると、背中から香絵の声が聞こえた。

「がんばって！」

実晴は返事の代わりに軽く手を上げ、路地の奥に滑り込んだ。

寂びた小さな駐輪場に自転車を入れながら、実晴は呟いた。

「確かにいい勝負かも」

実晴が一人前になるのと、香絵が起業する日。

実晴の仕事にはまだまだ見通しが立たない。対して香絵はあの調子だ。目標があってキラキラどころか太陽のように輝いてそれに向かって努力しているのだから、案外あの勢いのまま、何かのきっかけですんなり起業してしまうのかもしれない。

香絵と自分の温度差がふと、不安になる。香絵とは同い年だ。それなのにこんなに仕事に対する熱量に差があっていいのだろうか。

仕方がない、と実晴はため息をついた。

昨年の冬、内定を貰《もら》った会社が倒産した。二月にあるはずの入社説明会の案内が来ないからおかしいなと思った矢先だった。

紙切れ一枚の、倒産の知らせがあった。こういう場合内定取り消しというのかどうかわからないまま、もう一度、慌てて就職活動をしたのだが、めぼしい企業は募集を終えてしまった頃だった。

ブラックそうな中小企業と、個人経営の店しか見つからなかった。面接に行ったが新卒は締め切りで、即戦力の中途採用が欲しいと言われて、条件も悪かった。

父の知人に紹介されて、面接を受けたのがこの会社だ。自分にやっていけるのだろうかと思ったが、このままでは就職し損ねてしまうからやってみるしかない状況だ。努力が必要に違いないが、特に選ばれた人しかなれないわけではない職業だ。がんばっていればたぶん何とかなる……と思う。

バッグを摑み、駐輪場からさらに奥に向かう。店舗はコンビニの向こうがわ。店の裏側から入る形だ。

《銘菓・双花堂《そうかどう》》

内側から金色のペンキで書かれたレトロなサッシを開ける。すでに鍵は開いていて、中から物音が聞こえていた。

「おはようございます！」

実晴はサッシの前で立ち止まり、大きな声で呼びかけてから中に入った。初めはこれが恥ずかしくて声が出なくて、朝っぱらからいきなり怒鳴られていたものだ。慣れれば目が覚めるいい習慣だった。

正面に木造の上がり口があり、板間の向こうに畳が見えている。丁度奥さんが奥から出てくるところだった。

奥さんは母より年上で、祖母よりは年下だ。肩くらいの髪を後ろで束ねた、いつも小ぎれいな人だった。開店すれば接客用の服を着て店に立つが、それまでは白い作業着の上着を着て、製造所と店の間を忙しく行き来している。

奥さんが声をかけてくれた。

「おはよう、実晴くん、今日もよろしく」

「よろしくお願いします」

「実晴、来たか！」

「はい。《おとうさん》。おはようございます」

工場の奥から声がするのに、実晴は大きな声で返事をした。

外の人に対しては「社長」と言い、内側では「おとうさん」と呼ぶのがこの小さな和菓子工場のしきたりだ。

職人は実晴とおとうさんの他に、先輩職人の三十代の男性がいる。店舗は奥さんと、母と同年代のパートの女性、土日は二人組の女子高生がアルバイトで入っている。総勢七人。これが実晴の職場、和菓子製造販売店、双花堂のメンバーだ。

実晴は更衣室に行き、上着を脱いで、Tシャツの上から奥さんと同じ白の作業着を着た。

更衣室を出ると、竹の籠《かご》に入れた白豆を抱えたおとうさんがいた。

「しっかりやれよ？　ヤケドに気をつけろよ？」

「はい！」

実家から通えることもあり、三月から修業に入れてもらえることになった。すでに四ヶ月目だ。初めの二ヶ月は、掃除のしかたと洗い物、店で商品の陳列が主な仕事だった。入社当初、粒餡《つぶあん》とこし餡の区別もつかなかった自分が今は、うぐいす餡を練《ね》る練習をしている。

双花堂は創業六十七年。街の手土産《みやげ》と言えば双花堂のまんじゅうと言われるくらいの老舗《しにせ》だ。商店街に面した店舗の奥に自宅があり、それを挟んで裏側が工場となっている。自宅を通って店にお菓子を運び入れる、ミニマムサイズの製造販売業だ。

メインのお菓子は、双花というすみれ色の餡の和洋折衷菓子、中は餡子《あんこ》で外側は一見まんじゅうに見えるがバター風味だ。近隣のデパートの郷土コーナーにこの二種類を卸している。これも就職するまで実晴は知らなかった。インターネットの通信販売も行なっていて、月水金に宅配業者が来て発送しているようだ。

もうひとつの主力商品は正統派の練り切りだ。

おとうさんは京都の和菓子店で修業をしてきた人だそうで、季節に合わせた、オモチャのようにきれいな練り切りを作る。茶道教室や、近所の神社のおもてなしで大きな注文が入り、小さいながらに安定した経営状態らしい。

おとうさんも奥さんもいい人で、覚えることもいっぱいな、いい職場だ。先輩の坂本《さかもと》はわりとおおざっぱな性格で、仕事には厳しい人だ。口は悪いが意地悪ではない。彼が言うには自分が作った菓子が店頭に出るようになったら、またひとあじ違うやり甲斐《がい》が出てくるという話だ。

実力もなく、運も悪い自分は、与えられたこの仕事に納得するべきなのだろう。

――だけど、矩さんみたいにスーツを着たかったな。

実晴の中のもやもやはこれだ。

ずっと矩文のあとを追いかけてきたのに、途中で追えなくなってから、矩文との道はどんどん離れてゆくばかりだ。元々の成績に差がありすぎて、矩文と同じ大学に入るのは諦《あきら》めていたが、せめて社会に出るときは、同じ格好で働きたかったのに、それも叶《かな》わないまま――。

お菓子を並べるプラスティックの浅い箱を持ってうろうろしていた奥さんが、上がり口の上から奥を覗くように背のびをした。

「おとうさん、今日は、実晴くんに豆の選別を教えていいかしら？」

呼びかけると、白い作業帽子を被《かぶ》ったおとうさんが顔を覗かせる。白髪交じりの小柄な人だ。町内会の卓球部に所属していて、とても強いという噂《うわさ》だ。上がり口の奥にいくつもトロフィーが並んでいる。

「いや、実晴には今日、あく取りを見せようと思っていたんだが……まあいいや、豆がある日は豆からだな。おい実晴」

「はい」

「今日は豆を選別してくれ。いいか？　豆が悪かったらいくらうまく餡子を練っても台なしなんだから、製品の全部がかかっていると思え」

「はい」

やり甲斐がある仕事だ。《電話番ばかりだ》と嘆いていた企業勤めの同期に比べて、仕事のひとつひとつに意味があると思う。人にも恵まれている。

でも結局、環境に流されているだけではないか。本当に和菓子屋なんかでずっと働き続けるつもりだろうか。一生懸命作業をしていてもふと、そう思うことがある。この仕事は自分でなくてもいいのではないか。自分は他の仕事でもいいのではないか。

何がしたいのだろう。自分はどうなりたいのだろう。

このまま和菓子の修業をして、その先自分はどうなるのだろう。

なんの展望もないまま、矩文と対等に話せるようになる日など来ないのではないかと、焦りばかりが日増しに大きくなってしまう。

紅茶がなぜ紅茶というのか。これも矩文の家で覚えたことだ。

矩文がティーサーバーのピストンを下げると、ガラスポットの中で舞っていた黒い茶葉たちが静かに押しさげられてゆく。下まで押し込むと、澄んだ赤褐色の筒のできあがりだ。紅茶と言えば茶色と思っていて、小学生のとき、「ほら赤いでしょう?」と、矩文の母親が見せてくれたときは本当に感心した。

今日は、矩文のマンションに、大阪のお土産を受け取りに来ていた。メッセンジャーに《お土産を持っていこうと思うけど、何時頃帰る?》と入ってきて、実晴は慌てて《俺が取りに行く》と答えたのだった。

昔から何となくそう思っていたのだが、矩文が自分の家に来るのが恥ずかしい。実晴の家は、あの火事のあとに建て直したから驚くほど古い家ではないのだが、ごく普通の、小さなガレージと庭のある、玄関の靴箱の上に母が趣味で作っている七宝焼きの置物が飾ってあるような、ものすごく平凡な家だ。今どきのホームドラマの玄関だって、これよりかなりおし

† † †

ゃれだった。そんなところにきちんとスーツを着た矩文が立っているだけで、違和感が凄《すさ》まじい。

矩文の来訪を断り、代わりに実晴が用件を伺いにいく。お陰でたびたび実晴が矩文を訪ねているのは厚かましい気もしたが、矩文がこうして新しいマンションで、部屋着と言っても真新しそうなシャツと、ふわふわのスリッパで紅茶を淹《い》れているところを見ると、やはりこれが正しいのだと思ってしまう。

明るい色の髪。柔らかい癖毛だから顔の印象がいっそう優しくなる。タレ目と言うほどではないけれど、微《かす》かに目じりが下がっていて、微笑むと余計に柔和に見えた。しかしはっきりと人を見るタイプだったから、気弱な印象は少しもない。

スーツの似合う広い肩幅。脚は骨格からしてまっすぐで、モデルもできそうだ。男性の脚を美しいと思うのは唯一矩文だけだった。

似合いすぎると思った。この部屋がショールームというなら、矩文自身も誂《あつら》えられた家具のひとつのようだ。暇つぶしにとつけてくれたテレビがCNNなのもさすがだと思った。実晴の家ではこの時間、たぶん芸能人が動物と戯れるクイズバラエティを観ている。矩文はこういう近代的でおしゃれな空間で過ごすべきだ。空調とソファであるべきで、茶の間とコタツではない。食べかけのポテトチップスの袋に輪ゴムを巻いたりしない。

「どうしたの？」

いつの間にか真顔でティーサーバーを見つめていると、カップを温めていた湯をシンクに捨てながら矩文が言う。

「あ……いや、紅茶って、本当に赤いなあ、って」

誤魔化《ごまか》すようにずいぶん思考を巻き戻しすぎたら、何だか子どもみたいなことを言ったと恥ずかしくなった。

矩文はそれをからかいもせずに、不思議そうに微笑んだあと、サーバーをカップに傾ける。

「うん。これは特別赤いかな。母さんが撮影に合わせて、発色のいい紅茶を選んだんだけど、それが意外においしかったって、うちにまで送ってきたんだ」

「おばさん、あいかわらずだね」

ここ最近は、年末に矩文の部屋を訪れたついでにうちに寄ってきてくれたときに、矩文の母に会った。

パン教室の先生からフードコーディネーターになったという彼女は相変わらず主婦っぽくない人で、ベージュのロングコートにブーツ姿でサングラスをバッグにかけていた。

「何でも買いすぎるんだよ。あの人がうちで一番元気だね」

「そうなの？」

「ああ。出張も俺より多くて、あちこち飛び回ってるみたい」

「矩さんもがんばってるよ」

苦笑いを浮かべて紅茶を運んできた矩文を励ますように言うと、矩文は「そうかな」と笑って、実晴の前にソーサーつきのカップを置いてくれた。

金縁の花びら模様のカップだ。すべてが優しい曲線で縁取られ、中の紅茶がいっそう赤く見える。

母親の仕事のせいか、矩文の家で出されるのは必ず紅茶だ。確かに矩文が日本茶を飲むとしたら、若草色に濁った春の新茶が辛うじて似合うくらいで、食後に、何回も淹れたあとの玄米茶など飲みそうになかったし、まったく似合わない。違和感がある程度ではなく、お祭りの屋台でフランス料理を並べているような両方に不幸な場違い感だ。

——矩さんと、和菓子も似合わないな。

東京の大きなデパートで取り扱うような最高級和菓子ならまだしも、地方で有名な、個人経営の田舎《いなか》の和菓子だ。これも実晴が《就職を失敗したかも》ともやもや悩んでいるポイントのひとつだ。矩文はどこから見たって《王子様》だ。王子様は和菓子なんか食べない。どうせ田舎のお菓子屋で菓子職人になるなら、和菓子屋じゃなくて、ケーキ屋にしておけばよかったとたびたび思うからだった。

「実晴はどう？　なんだか元気がないように見えるけど」

「う、ううん。そんなことない。がんばってる。がんばってるよ、でも……」

職場も仕事の出来具合も、矩文と自分は雲泥《うんでい》の差なのに、与えられた仕事にも不満を抱えているなんて言うのは恥ずかしい。だが矩文は唯一、実晴が弱さを晒《さら》せる相手だ。昔から何か困ったことがあると、矩文に相談してきた。勉強ができないとか、塾に行きたくないとか、どうしようもない泣き言もたくさん聞いてもらった。

矩文への憧れについては、これを打ち明けたら鬱陶《うっとう》しいと思われるに違いないからこのまま黙っておくとして、胸のもやもやの正体を知りたくて、実晴は話してみることにした。

「和菓子なんか、今まであんまり食べたこともなくて、わかんないことが多すぎてうまくノれないいんだ」

努力する理由が今ひとつ見えない。やろうという決心ができれば頑張れるのに、煮え切らない。今までまったく興味もなかった世界だ。与えられた仕事を覚えてこなしていく。なぜそうするかもよくわからないまま——。

一緒に悩んでくれるかと思った矩文は、少しほっとしたような笑顔で実晴を見ていた。

「そうか、それならよかった」

「なんで?」

矩文の答えに戸惑う実晴の前で、矩文は優雅な仕草で紅茶のカップを手に取った。

「新入社員、あるあるだよ。俺は会社員のことしかわからないけど、初めての職場なのはみんな同じだもんな」

「いっしょ?」

「うん。誰もが小さい頃からこの仕事に就きたいと思って、仕事の内容を熟知して、職場の見学に行って入社するわけじゃないだろう？　学生のうちに訳もわからずエントリーシートを書いて、労働条件と勤務地を見比べただけで就職するひとが大多数だと思うんだ」

「うん」

もともと実晴が就職する予定だったのは、物流業界の営業で、何社もエントリーして面接まで行ったところで《勤務地は関東のみ、土日が休み、有給有り、通勤手当有り》くらいの条件で決めたのだった。物流と宅急便の区別もよくついていない。とにかく誰もが就職という名の椅子《いす》取りゲームに必死だったから、椅子がどんな形で、何色をしているのかよくよく確かめる暇などなかった。よりよい条件の椅子に素早く座る。実晴の就職活動はまさにそれだ。

「うちの会社が何をやってるのか、入った会社で何をやらされるのか知らないまま入ってくる人がほとんどで、入ってからここがどういうところなのか、自分が何をすればいいのかを勉強していく感じ」

「あ、うん。そう。……そう」

和菓子屋と言われたって、はっきり何をするのかも知らなくて、餡子の種類もわからない。和菓子と洋菓子の線引きがどこか、練り切りと剝《む》き出しの餡子の違いはどこか。たいして興味がないことを知るところから始まって、雑用をこなしながら、道具の名前を覚え、ひとつひとつ自分の中で知識として、しまう場所を決めながら収めて行く感じだ。

「みんなそうだよ。大丈夫」

「ほんと……？」

「うん。あとは職場の人が優しいなら最高だけど」

「優しいよ」

それだけは運がよかったと思っている。おとうさんは厳しいが、本気で実晴を育てようとしているのがわかるし、他に誰も意地悪な人がいない。店は小さいが、活気があって、皆よく働く人たちだ。

だからよけいに、自分がここにいてもいいのかと引け目を感じてしまう。みんなのように双花堂が好きになれるかまだわからず、やり甲斐というほどのこともできていない。パートさんは双花堂の仕事が楽しいと言うが、華やかでもないし、派手に売れもしないし、何がどう楽しいか、実晴にはよくわからないのだ。

「それなら大丈夫。実晴ならきっと大丈夫だ」

昔と同じ、言い聞かせるような微笑みで頷《うなず》きながら囁《ささや》いてくれた。どんなときだって落ち着いて答えを探す。こうだと決めたら迷わずに、粘り強く手を伸ばし続ける。さすが矩文だ。たった一言二言で、こんなにも実晴の気持ちを楽にしてしまう。矩文は自分のようにぐじぐじ悩んだりしないいんだろうなと、改めて尊敬を深くしながら実晴は頷いた。

「もう少しがんばってみる。ありがとう、矩さん」

「普通のことしか言えなくて申し訳ないよ。会社員と職人の卵じゃずいぶん違うだろうに、気を悪くしてないか?」

「ううん。すごく元気が出た。それに職人の卵なんて、そんな大げさなものじゃないよ」

新幹線に乗って全国を飛び回る企業の社員にくらべれば、自転車で通える小さな店に閉じこもってがんばっても、日常生活の延長のようにしか見えない。

矩文は真面目《まじめ》に言う。

「食べものを作る苦労は、一応母を見てきたつもりだ。息子に弱音を吐く人じゃないけど、大変なんだろうと思うよ。でも……実晴が和菓子職人になると、かっこいいな」

目を細めて見つめられて、実晴は照れた。

「そ……そうかな」

今まで和菓子屋が何だか好きではないと思っていたのに、矩文に言われるととたんにいいもののように思えてくるから不思議だ。

でもやはり、と、実晴は微かな陶器の音を立ててソーサーに戻された紅茶のカップを見て思う。

——やっぱり矩さんにはケーキしか似合わない。

双花堂がケーキ屋なら、素直にがんばろうと思ったはずだったのにな、と、少し残念に思ったとき、何となく先日のことを思い出した。矩文が出張に行く日の朝の話だ。

「そういえば、うちの母さんが、おばさんから電話があったって言ってた。何か用事だったのかな」

「――実晴の家に？」

いつになく剣呑《けんのん》な表情で矩文が実晴を見る。何か母が余計なことでも言っただろうか。それとも、今や有名人の矩文の母が、うちのごくごく普通の主婦の母と、仲よくするのが嫌なのだろうか。

実晴は慌てて言い訳するように、小さく手の先を動かした。

「あ、ああ。普通の世間話だと思う。別に何も言ってなかったし、母さんも楽しそうだったし。遊びに来るとか、そういうんじゃない？」

実晴の語尾に被るように、電話が鳴りはじめた。

ぶーぶーと震えているのは矩文のスマートフォンだ。

矩文はテーブルの端からスマートフォンを拾い上げ、小さく肩を竦《すく》めた。

「ごめん、噂をすればなんとかだ」

画面をこちらに見せられる。「母」と、簡潔でわかりやすくて特別な一文字が浮かんでいた。

矩文はソファから腰を浮かした。

矩文の母からのときはいつも実晴の前で電話に出るのに、と思ったが、実晴には聞かれたくない家族の話があっても当然だ。

「どうぞ、ごゆっくり」

小さな声で言って実晴が手を振ると、矩文は頷いてそのまま席を立つ。部屋を出るドアの前あたりで矩文はスマートフォンを耳に当てた。

「……もしもし？　俺です。……昨日の話だったら断わるよ。あのね、そもそもその気もないのに食事だけとかおかしいだろう？　先方にも失礼だと思わないかな――。……」

珍しく不機嫌そうな矩文の背中を見送りながら、何の話だろうと思うが、あまり見当もつかない。聞こえる範囲では、誰かと食事の約束でもしたのだろうか。

ドアが閉ざされると声は聞こえなくなった。

実晴は、はあ、とため息をついて、きれいな紅色《べにいろ》をした紅茶を手に取る。

矩文が好きだと思う。

本当に今さらの話だ。幼い頃から矩文が好きで、矩文に憧れ、尊敬して、何でも矩文のマネをしたがって、高校だって矩文と同じ超進学高校に入りたがって、まん中あたりの成績くらいだったのに、志望校を選択する頃には辛うじて受験できるまでには勉強した。

結局予想通り受験に失敗し、近くの高校に入り、その高校から矩文と同じ大学に行くのは到底無理だったから、矩文と会えそうな距離にある大学に進学した。そのときもずいぶん頑張った。矩文のお陰で、自分の１２０％くらいの人生を歩んできたのだが、最終段階に来てこれだ。一番肝心なところで失敗してしまったのだから、就職してもスッキリしないのはしかたがない。

矩文が尊い。最早尊敬というより、ほとんど崇拝の域かもしれないと思うがその言葉すら生ぬるい。

幼なじみで命の恩人の彼に抱《いだ》く特別な感情に加え、《憧れ》《大好き》《かっこいい》。どの言葉だって自分の気持ちにはとどかない。強《し》いて言うならそれらのすべてを掻《か》き集めて、年月という、半分執念に近いような圧力をかけてぎゅっと濃縮した、金の延べ棒より比重の高い、重たく輝く気持ちが実晴の真実だ。

相手がいくら矩文とはいえ、男を好きになりすぎだと思ったがそれも些細《ささい》なことだった。それどころか矩文が男だからより憧れと尊敬が強くなってくる。これがもし女性なら、こんなふうにはなれないだろう。しかもそれが少しも残念ではなく、矩文が男でほんとうによかったと思っている。

男性の矩文を好きになったのだから、《矩文が女性だったら》と思うはずもなく、また自分が性転換手術などを受けて女性として矩文と結婚したいなどとも、……少ししか考えたことがなかった。

矩文の側にいるべき女性は、矩文が働いている会社に釣り合うような元OLなどで、実家がお金持ちで、本人も美人で、仕事ができる人でなければ駄目だ。優しくて賢くて、家庭的で、矩文のそばでほんのり笑っているような、清楚《せいそ》な人でなければ駄目だと思っていた。子どもは男女一人ずつ。時々奥さんが手作りの夕食会などを開いて、ワインを傾ける。クリスマスやバレンタインデーや結婚記念日にはホテルで食事か、海外旅行。それが実晴が想像に思い描く矩文の未来だ。

だが矩文にお似合いの女性が見つかったあと、自分はどこにいればいいのだろう。矩文のことばかりものすごい勢いで妄想して疲れ果てたところに、そんな問題が浮かんだ。

恋人ではなく、奥さんでもなく、同僚でもなく。社会人になった今でも、矩文とは過去以外に接点がないままここまで来てしまって、自分にふさわしい居場所と言われてもすぐには思いつかない。矩文の一生をできるだけ近くで眺められる場所を探さなければと思った。

朝通勤する矩文を、自宅の二階の窓から見送るようになってすぐに、実晴は決めたことがある。

幼なじみとして、元ご近所として、一応親戚として、今も近くに住んでいるから、時々こうしてお茶を飲ませてもらって、毎朝の習慣が重なるふりをして、窓辺から矩文を見送る。

矩文の結婚式に呼んでもらえたらきっと祝福するだろう。ただし彼女が矩文に似合う女性であることが前提だ。でももしも矩文にふさわしい素敵な女性だったら、少しも妬《ねた》んだりせず、心底彼女たちの幸せと、矩文のいっそうの成功を祈るだろう。

言うなれば、自分は矩文の人生の傍観者になるのだ。芸能人に憧れるのと同じだと思った。

何もおかしいことではない。彼らのファンは俳優に見返りを求めたりしない。口を利いたこともない、テレビごしにしか見られない赤の他人ですらあれほど愛せるのだ。小さい頃命を救われて、十年以上にわたって、彼の格好いいところを近くでさんざん見てきた自分が、どれほど矩文に心酔していてもぜんぜん不思議ではない。

実晴自身は、たぶん一生結婚も恋もしない予感がしている。両親は心配するかもしれないが、そういう幸せだってあると思うし、彼らにそれをわかってほしいとは思わない。誰にも一生、こんなに矩文に憧れていると言わないし、矩文に伝える気はない。

ズルイ考えだが、矩文とはずっと小さい頃と同じ距離でいてほしいのだ。下手《へた》に濃度が高すぎる憧れを訴えて、警戒されたり遠慮されるのだけはどうしても嫌だ。幼なじみの、矩文を兄弟のように慕う遠縁の人として、身近な距離で親しくしてほしい。——というようなことを、香絵にものすごく大枠だけ、仮定の話として話したことがある。香絵は「それってなんかおかしいよ。相手に失礼じゃん！」と怒った。香絵の言うこともわかる。確かに自分か矩文のどちらかが女性なら、これほどどっぷり心酔しながら、相手にまったく無害なふりをしてそばにいるのは下心だと思うべきだろう。

でも同性同士の自分たちには下心になりようがないのだ。自分が矩文を好きになっても何も起こらない。それにもしも自分が女性だったとしても、矩文の恋人がこんな平凡極まりない自分だなどと、絶対に、実晴自身が許さない。

男同士だから、という、たぶん、一般的にはとても大きな基本的な問題である理由が、実晴には免罪符になっている。

男同士だから恋愛に発展しない。だからずっと矩文を好きでいても問題ない。結婚後、矩文と会っても少しも後ろめたくない。男同士なら浮気にならないし、疚《やま》しいことはできない。他に理由が必要というなら、自分と矩文は遠縁だ。文句を付けられるなら付けてみろと、開きなおる気持ちがあった。

ただ矩文を見ている自分を客観的に思うとき、寂《さび》しいと感じることはたまにある。この先も一生、何も報われなくて、虚《むな》しくはないのかと。

それの答えも知っている。おとぎ話を読んでも、その世界に入りたいと思わない。シンデレラと王子のラブストーリーを楽しむことや、スナック菓子を食べながらコタツに寝転んで宇宙人が侵略してくるハリウッド映画を眺めるのと同じだ。どれほどその話に憧れても、登場人物になりたいかと訊かれれば、わりと多くの人間がそうでもないと答えるだろう。

「……」

実晴は、部屋の中を見回して、ああ、いいな、と思った。白が基調のシンプルで広い部屋だ。清潔であたたかい生活の気配が心地いい。矩文に似合いすぎるほど似合う、素敵な部屋だ。

そこにいる自分の不似合いさを感じるとき、最近実晴は時々、透明人間になりたいと思う。そうなれば恥ずかしい思いや劣等感を抱かずに、矩文を見ていられる。矩文の幸せや生活を邪魔したりしない。絶対に大人《おとな》しくしているから――。

妄想と想像と考えごとに浸っている間に、あっという間に矩文が戻ってきた。実晴は背もたれに投げていた上半身をぴっと立てた。

「お待たせ」

「ううん。ぜんぜん！」

透明人間になる想像をしていたくらいだ。待った感覚は少しもなかった。

「おばさん、元気？」

尋ねたあと、矩文の表情が暗いのに気づいて、実晴はそっと口を噤《つぐ》んだ。母は元気そうだったと言っていたが、矩文の母に何かあったのか。

「……母は元気だよ」

実晴の表情を読んだのか、苦笑を浮かべて矩文は言う。いつも穏やかで、いかにも穢《けが》れのない微笑みを浮かべている矩文には珍しい、苦さと煩わしさがまじった表情だ。

どうしたのだろうと思っていると、矩文がぽつりと言った。

「結婚しろって」

一瞬、何を言われているかわからず、ぽかんと矩文を見ていると、矩文は、実晴の愚鈍さにがっかりしたように眉根の皺を深くする。

「最近母が、見合いをしろってしつこいんだ。大学教授の娘さんで、本人は大手出版社にお勤めなんだそうだ。人柄より先に肩書きを並べるなんて、おかしいと思わないか？」

実晴の頭の中で、慌ただしく何かが動く。音はしないが計算機か何かのような、パラメーターの数字を上げたり下げたりするような動きだ。

「断わったんだが、向こうも会いたいと言っているから、食事だけでもと言ってしつこいんだよ」

家柄はよさそうだ。大手出版社ともなると本人がそれなりにしっかりしていないとそもそも入社できないし、働いていけないからこれも間違いなさそうだ。

「お断わりする相手と食事なんて、母はどういう神経なんだろう。今日は《会うだけでも》なんて言ってきた。スマホに母が撮った彼女の写真だけじゃなくて、いつの間にか俺のメルアドを相手に伝えていて、ＳＮＳのアドレスとか送ってくるし、本当に母は、相手に断わっているのか……」

「美人？」

自分で出した声が不意に鮮明に響いて、矩文は言葉を止めた。目を上げた矩文と、身を乗り出した実晴の視線が間近でぶつかる。

しんとした間に、実晴は斬り込んだ。

「その人、美人なの？」

バックグラウンドよし、履歴もＯＫ。あとは美人なら、矩文の結婚相手としてまずはハードルクリアだ。

一瞬、意味がわからないような目で自分を見た矩文は、困ったような表情でゆっくり眉を歪《ゆが》め、紅茶カップに視線を落とした。

「そうだな……美人、……だと思うよ。写真を見るかぎり、一般的に言うには整っていると思う。好みかどうかは別問題だが」

「いいじゃん！」

矩文が見て美人というのだ。実晴が見たってとんでもないと首を振るはずなどない。それならあとは性格だ。これは会ってみるしかないかもしれない。

「矩さん、おばさんが言うとおり、その人と食事に行ってみればいいんじゃないかな。案外話が合ったりするかもしれないし」

日頃の礼と、実晴の胸の中のおとぎ話がワンステップ上がる興奮で勢いよく励ましてみる。チャンスがあるなら試してみるべきだ。試しもしないで気に入らないというのは食わず嫌いだ。矩文らしくもない。

矩文は戸惑った表情のままだった。それどころか恨めしそうに実晴を見る。

「実晴は俺の結婚に賛成なのか？」

実晴は大きく頷いて、さらに前のめりになった。

「うん！　すごくいいことだと思う。結婚は早いほうがいいと思う。赤ちゃん、生まれたら一緒に写メらせて！　どっちに似てるかな。俺は、男の子でも女の子でも、矩さんに似てるほうがいいと思うけど！」

「実晴……」

なぜ矩文がそんなに悲しそうな顔をするのかわからない。矩文のためならなんでもしようと実晴は思った。ひと肌どころかふた肌だって脱いでいい。矩文が結婚して、幸せな家庭を築く。今から結婚式のひな壇に並ぶ矩文を想像して涙ぐみそうだった。

「矩さんが恥ずかしいなら、俺が矩さんのおばさんに連絡するよ。何なら母さんに頼んだっていいし」

「実晴。待ってくれ」

言葉の途中で手首を摑まれて、実晴はまたたきをして矩文を見つめ返した。矩文のくせに、女性との食事に尻込みするなんて意外だ。そんなに慎重にならなくたって、たとえ話が結婚まで行かなくとも、矩文のような男性と食事に行って楽しくない女性はいないだろう。

「実晴。俺は、……俺は」

「大丈夫だって。俺だって、一番初めに女子と話すの、恥ずかしいときがあるもん」

こんなところで自分の出番があるなんてと舞い上がりながら、今こそと矩文を励ました。今や雑談か姉弟喧嘩か区別がつかない、砕けた会話をする香絵とだって、中学校の教室で初めて会話したときは、ボクと言うか俺と言うべきかを選びながら、妙にかしこまって話をした。

「矩さんなら、会っちゃえば大丈……」

「実晴が好きだ」

勢いよく励まそうとした鼻先を、つらそうな顔の一言に止められて実晴はまた固まった。

わあ、うれしい。

反射的に心の中に湧き上がる喜びを、慌てて押し込むと、やはりぽかんとするしかなかった。

矩文が自分を好き。

親愛とか、幼なじみだからだとか。今はそういう話ではなかったと思う。

混乱してどう反応していいかわからない実晴の目の前で、絞り出すように矩文は呟く。

「ずっと実晴が好きだった。幼なじみとか友人じゃなくて、恋愛の、対象として」

一言一言区切るように打ち明けられてもまだ理解できない。

恋愛の対象として。彼女が？　……いや自分が？

婚約者と自分のどちらを選ぶか。恋愛という名の同じ棚に乗せられて、実晴のことを好きだと言っているのだろうか。

矩文は、じっと自分の目を見ていた視線を、じりじりと下げた。きれいに睫毛が生え揃《そろ》った瞼《まぶた》が蒼白《あおじろ》くなっているのがわかる。

矩文は、軽くうなだれて首を振った。呼吸を抑えているように苦しそうに小さな声で呟《つぶや》く。

「言う気はなかった。ずっと黙ってるつもりだった。毎朝実晴の顔が見られて、こうして時々紅茶を飲みに来てくれて。ボーナスを口実に食事に付き合ってくれたり、就職祝いを受け取ってくれたり、メッセージの遣《や》り取りをしたり、本当にそれだけで満足だったのに、実晴がそんなことを言うから」

「矩さん……？」

「わからなくていい。たぶん、実晴は俺が嫌いになる。だから犬に嚙まれたと思って、――最後に一度、キスをさせて」

下から覗き込むようにそっと頰を寄せられても呆然《ぼうぜん》としていた実晴は、唇に彼の吐息が触れるのにはっと我に返る。反射的に矩文の肩に両手を突っ張って、首を振りながらソファの横のほうに埋まり込むようにして逃げる。

「ば……馬鹿《ばか》言うなよ！」

何が起こっているのかわからない。矩文が自分にキスをしようとした？　それよりもわからないのは矩文がとんでもない勘違いをしていることだ。

「俺が、矩さんを嫌いになるわけなんかないだろ⁉」

何が起こったって、実晴が矩文を嫌いになるなんてあるわけがない。いやあるかもしれない、今、こういう状態が嫌だ。矩文が弱気だったり、悩んでいたり、美人のＯＬをさしおいて、自分なんかを好きだという矩文なんて、絶対嫌だ！

「実晴……」

混乱した表情の矩文に怒鳴った。

「俺だって矩さんが大好きで、死にそうに好きだけど、矩さんは俺じゃないんだ！　きれいでお金持ちで、こういう部屋に住むのが似合う人で、まわりからお嬢さんとか言われちゃって、手料理とか、そういう」

自分の気持ちをうまく説明できず、実晴は一度言葉を呑んで俯いた。だが諦めてはならないと、力を振り絞って顔を上げた。

「とにかく、矩さんは俺なんかを好きになっちゃ駄目なんだ。何でそういうこと言うの？」

実晴の詰問に、矩文は、まったく矩文らしくなく情けない顔をする。それも本当に嫌で、見ていたくなくて俯いた。それなのに、捨て犬のような、寂しい、縋《すが》るような声で矩文が問いかけてくる。

「わからない。実晴」

「わからないなんて、何でも知ってる矩さんらしくないよ！」

そんなのも矩文じゃないと、実晴は耳を塞《ふさ》いで首を振った。

胃のあたりから急に込みあげるのは、失望と、悲しみと怒りだ。記憶喪失の人に名前を言い聞かせるような必死さで、実晴は訴えた。

「王子様は、お姫様しか好きになっちゃ駄目なんだ。何でそんなみんな知ってることがわからないの？」

何かが急にすっぽ抜けたようだ。びっくりするような穴だった。全世界の人の常識だと思ったことを、何でも知っているはずの賢い矩文が知らない。からかわれているのだろうか、冗談だろうか、自分に言い聞かせるための言い訳を探そうとする実晴に、諦めたように弱々しい表情で矩文が言う。

「俺は王子様なんかじゃないから」

「国語の回答みたいなこと言わないでよ。王子様は王子様でしょう？」

わからない理由を訊いているわけではないし、矩文が王子様でない選択もない。王子様をやめると言い出す王子様なんて、聞いたことがない。

矩文は具合が悪いのかもしれない。とっさにそう思った。落ち着かせなければならないと実晴は焦る。

「矩さん。今日、おかしいよ。落ち着いてよ。いつもの矩さんじゃないよ」

「実晴。違う。俺は本当に」

「矩さんは、結婚の話を聞いて、びっくりしてるだけだと思う。今日は、俺、帰るね？　たこ焼きはまた取りに来る。冷凍だから大丈夫だよね？」

半分以上、自分に言い聞かせるように実晴は口走った。

そうだ。矩文がこんなことを言うなんてどうかしている。女性と会うのが恥ずかしいのか、本当にまだ結婚したくないのかわからないが、とにかく矩文は動転しているのだ。だから自分が好きだなんて言う。自分を好きだなんて言い出したのも、今ここにいるのが自分だけだ

からだ。結婚というキーワードから逃れるためなら何でもよかった。もしもここにパンダがいたら、パンダが好きだと言っただけの話だ。

　実晴はそそくさと矩文から距離を取るように身をひいて、ソファを立ち上がった。矩文に怒っていないのだと伝えたくて、一生懸命作った笑顔は引き攣《つ》ったが、意思は示せた。上出来だ。

「お邪魔しました。矩さん。また来るね。寝不足だったら早めに寝てよ。本当に、病気になる前に」

　後ずさりでソファを離れると、矩文が追ってくる。

　そういうのも駄目だ。見送ってくれるのは嬉しいが、縋るようについてくるなんて、矩文らしくない。

　見たくなくて、矩文に背中を向けてあからさまに逃げ出した。何かの間違いだ。矩文のためにも見ない振りをしてやらなければならなかった。こんな余裕のない矩文は嫌だ。絶対駄目だ。

「実晴。実晴、怒ったのか？　当然だと思うけど、聞いてほしい。頼むから言い訳をさせてくれ。本当にずっと俺は、実晴のことを……」

　背中から声をかけられて、胸の中でぱつんぱつんに膨らんでいた我慢と自制が弾けた。実晴はきっと振り返った。

「わかんないけど、矩さんはそんなこと言っちゃ駄目だ！」

せっかく見ない振りをして、一晩眠って忘れてやろうと思っていたのに、これ以上一ミリも傷を広げないでほしい。これ以上矩文らしくない言葉を聞かされたら、いくら憧れフィルターがかかった自分の心の中でもフォローができなくなる。

「俺が好きとか、間違っても言わないで。間違いなのはわかってるから謝ったりしないでよ！」

受け付けられない。童話作家の誰だって、王子様が王子様じゃなかったり、王女以外を好きになったりなんて、絶対許すはずがない。

「実晴」

引き止めようとする矩文に、手や肩を摑まれる前に、実晴はつっかけるような勢いで玄関の靴につま先を突っ込んだ。

ドアを出て向かいの壁まで逃げた、隙間から振り返ると、泣き出しそうな矩文が見える。情けなくて、寂しそうな顔だ。そんなのも見たくなかった。

「頭を冷やして、矩さん。矩さんは、ずっとちゃんとした矩さんでいてよ」

ドアが閉まりきるのを見届けずに、実晴は明るい廊下に駆け出した。

悪夢のように白く真っ直ぐな廊下を藻掻《もが》くように逃げた。ホラーゲーム以上の恐怖で、誰も追ってこないことにほっとしていた。

エレベーターのボタンを押し、大きくため息をついて、両手で目を押さえた。

——信じられない。何かの間違いだとしか思えない。

優しくて、完璧《かんぺき》で、清潔で、勇敢な、自分の幼なじみで、憧れの人。

それが取り乱すなんて減点1。自分が好きだなんて減点3。謝るのは減点1。だって矩文が間違ったことをするはずなんてない——。

「……」

エレベーターに乗り込んで、ドアが閉まると何だか急にほっとする。

何かの間違い。あるいは誤ってトイレのドアを開けてしまったときのように、「あ、ごめん」と一言言って水に流すべきことだ。

エレベーターがふわっと下がってゆく感触に、嵐に巻き上げられていたかのような実晴の理性が落ち着いてくる。

大丈夫だ。自分はまだ矩文が好きだ。

矩文だって人間だから、心がふらつく日もある。見ない振りくらいはしてやれる。悲しい減点だって、きっと明日の朝には回復しているはずだ。

家に帰ると、居間のほうからテレビの音がしていた。

「実晴なの？　夕飯、矩文くんと一緒じゃなかったの？　何か食べたの？」

足音が聞こえたのか、大きめの声で母が問いかけてくる。

「ごはんはいらない」

実晴もやはり大きめの声で返事をして、そのまま階段を上った。

現実感がない。現実であるはずなんかない。

矩文が自分を好きだなんて。

空気が頭上からのしかかってくるように重い気がして、実晴はそのまま肩からベッドに倒れ込んだ。布団に顔を埋《うず》めたまま呼吸をすると息苦しくて、少しずつ我に返る。いつもの洗剤のにおい。見慣れたベッドカバーの色。些細な現実感に安心する。

うつぶせに倒れたまま布の間から息をして、何も考えられないくらい動揺した自分の頭を、元に戻そうとした。

結婚話のせいだ。矩文は動揺しすぎだ。

結婚がそんなに嫌なのか。それともただびっくりしているだけだろうか。矩文があんなことを言い出すなんて――。

――実晴が好きだ。

間近で見た唇の動きが瞼の裏に蘇《よみがえ》って、実晴は突っ伏したままぶるぶると頭を振った。

「……」

あんなのは幻覚だ。どう考えてもあの矩文が、そんなことを言い出すなんて信じられない。

具合でも悪かったのだろうか。急に性格が変わる病気があるものだろうか。自分のほうがおかしかったと思ったほうが何倍もしっくりくる。

——もしかして聞き間違いだったらどうしよう。

そうだ。矩文の結婚話に動転したのは自分のほうだったのだ。きっとそうに違いない。そうとしか考えられない。

それが真相だったのだと、ぷはっと顔を上げたとき、スマートフォンに着信があった。矩文だ。

丁度よかったと思った。さっきのことを謝ろうと思った。

どうやら聞き間違えたらしいと正直に話して、あのとき本当はなんと言ったのかと聞き直そうと思った。

「もしもし！」

——実晴……！

自分からかけてきたくせに、矩文はびっくりしたような声で言った。

「もしもし、矩さん？　あの……、さっきはごめん」

——い、……いや、俺のほうこそ、すまなかった。

戸惑うような返事のあと、矩文はほっと落ち着いたような声で囁いた。

——さっきは本当に、突然あんなことを言って悪かったよ。実晴がどんな返事をくれようと、実晴が好きなことに変わりはない。見合いのことを実晴があまり嬉しそうに喋《しゃべ》るから、つい本音を漏らしてしまっただけだ。こんなことを言い出して、本当にごめん。

「……」

矩文の説明を、頭のなかで一言一言かみ砕きながら理解してゆくが、どこにも勘違いとか聞き間違いの要素は混じっていない。

――実晴……?

「マジで?」

逃げようがなくなって、今度こそ悲愴《ひそう》な声が出た。

本当に、聞き間違いなんかじゃなくて、矩文は自分のことなんかが好きなのか。

矩文は、電話の向こうでしばらく黙ったあと、気まずそうな声で喋り始めた。

――はっきりと自覚したのは、中学生の頃だったかな。その前も実晴は特別だって思っていたけど、無意識のうちで一番初めに覚えているのが、小学生の頃。実晴が、俺の同級生の女の子に頭を撫《な》でられてるのを見たときだよ。

矩文が言うそのときのことを、実晴はぜんぜん思い出せない。小学生の頃など相変わらず矩文一辺倒で、朝から晩まで矩文のことを考えていたような気がするが、女の子に頭を撫でられた記憶なんてまったくない。

――ずっと昔だよ。何で俺の実晴に触るんだろうって、実晴が可愛《かわい》がられて嬉しいはずなのに、どうしてこんなに不安で、寂しいんだろうって。

「矩さん……」

矩文が打ち明ける言葉を理解しようとする。矩文が他の誰かといるところを見て寂しくなったことなら何度もある。同級生に呼ばれ、野球のチームに混じってしまったこと、実晴と二人でゲームをしているところに同級生が「塾に行こう」と誘いに来て、実晴を置いて行ってしまったこと。

だがそれは、いつか自分もそこに行きたいと憧れを増やすばかりのことで、不安になんか思ったことがない。理解できない。

――小さい頃からずっと、実晴が側にいてくれたらいいと思っていた。実晴しかいらないって思ってた。

「……」

あの、賢くて、微笑みながらどんな難しいことでも易々《やすやす》とこなして、女子の憧れの的でもあり、大人の信用も浴びるほどに受けていた矩文が、小さな頃から自分が好きだったなんて。

さっきの嫌悪感だけでもドキドキするくらい辛《つら》いのに、それが昔からだったなんて思うと今までの全部が壊されるような気がした。

「俺だって、昔から矩さんが好きだよ」

――実晴。

「でもそんな矩さんは、俺の好きな矩さんじゃない」

——実晴は怒ってもいいけど、俺は俺だ。

寂しい声で主張する矩文に思わずかちんときて実晴は言い返した。

「俺の思い出に触んないでよ！」

憧れ続けた矩文は、今だって実晴の中で、大切な大切な存在だ。

「たとえ矩さんにだって、俺の心の国宝を汚す権利はないよ！」

二十年間。想って想って想った人だ。

いくら矩文本人とはいえ、胸の中で今もキラキラ輝き続ける実晴の心の結晶を汚すことなど許せない。


あれからどれくらい経《た》っただろう。

一時間、二時間……？

暗闇の中、突っ伏していると、またスマートフォンの画面が点《とも》る。もう六度目だ。ベッドの上で、くぐもった音で震え続ける小さな端末に、実晴はやっと手を伸ばした。

ずっと無視する気でいたのに、こういうことも矩文らしくなくて耐えがたくなった。

居留守を使う人間に、矩文が何度も電話をするのが許せない。留守番電話に切り替わると、

《ごめん、またあとで電話する》としょぼくれた声でいうのも苛立《いらだ》たしい。このままではどんどん矩文がかっこ悪くなってしまう。自分のためなんかに。

——実晴。

「もう電話、かけないで。矩さんがかっこ悪くなるから」

そう呟いて、実晴は通話を切った。

怒っていない。矩文がかっこ悪いのが許せないだけだ。

このまま眠ればきっと忘れる。

朝がきて、次に矩文に会ったら、変な夢を見たと話して、笑って、元に戻れる。

† † †

工場中に甘いにおいが漂っている。バターとサツマイモを練り込んだ、まんじゅうの皮が焼ける香りだ。

実晴は、髪を覆うネットつきの帽子を被り、ビニール手袋の箱を片手に、カウントダウンされているタイマーを眺めている。

隣で腕組みをしているのは、先輩の坂本だ。坂本はすでにマスクをつけているが、口鼻を覆わずに顎《あご》に引っかけている。

「うちの機械な、まん中の板が一番よく焼けるから、タイマーが鳴ったらまん中の板を外に出して、右の板をまん中に寄せてから、左の板を一番右にやる。で、さらに二枚の板をまん中寄せに調整して蓋。加熱三分。以上」

「はい」

十一年前に新発売となった、スイートポテトとまんじゅうのミックスのような和洋菓子を焼くのは、この坂本が一番うまい。

双花堂では普段、曜日ごとに焼くお菓子が決まっていて、今日はこの《黄金美人《こがねびじん》》を焼く日だった。

すでに工場の端の梱包《こんぽう》台では白エプロンにネット帽子を被ったパートさんがスタンバイしている。あそこで焼き上がったお菓子を個包装して箱に詰めていくのだ。

坂本が大きな業務用オーブンの窓から中の焼け具合を確かめている。

残り時間、六分。暇と言うほど時間もない退屈さに、ふと壁のカレンダーに目を遣《や》る。

六月二十四日。エイプリルフールでもなかった。

矩文にあんな態度を取ってしまったが、矩文のことを嫌いになれるわけなどなく、矩文があんなことを言い出した納得のゆく理由を探しながら、一方で記憶が薄れて行くのを待っている。

矩文とは今日で丁度一週間、連絡を取っていない。窓から見送るのもあの晩を境にやめてしまった。

矩文からのメッセンジャーは届く。

――今日はいないね。風邪引いたりしてない？

そう。こういうのが矩文だ、と満足をして、「元気です」と返した。そのあと何か言葉をつけたそうとしたけれど、何も思いつかなかった。

いつになったら忘れられるだろう。来週くらい、何もなかったふりをして遊びに行ってみようか。そうすれば案外矩文も、何もなかったように振る舞ってくれるかもしれない。それならぜんぜん問題がない。だって今でもこんなに矩文が好きだ。

そんなことをぐるぐる考えていると、奥さんの声がした。

「実晴くーん。実晴くん、ちょっといい？」

板間のほうから呼ばれている。

「行ってこい」

と坂本に肘《ひじ》でつつかれて、「はい」と返事をして、組み立てた空箱が積み上げられている板間のほうにいくと、奥さんが座っていた。

「実晴くん。視力はいいの？」

「……はい」

何のことだろう。視力は両目で０・８だ。自慢できるほどではないが、眼鏡《めがね》は必要ない。

「そっか……」

奥さんは残念そうに息をついた。隣に置いていた四角い銀の缶を前に出して、蓋を開ける。豆が入った缶の中に、お椀《わん》くらいの小さなボウルが入っている。

奥さんはそれを取りだし、蓋を閉めた缶の上にボウルを置いた。

「実晴くんが選別してくれた豆を、私がもう一回選別しました。使えない豆はこれくらい」

ボウルの中の豆だ。二十個以上ある。

奥さんは淡々とした声で、この間聞いた説明を繰り返す。

「餡子を作る豆の中に、一粒おいしくない豆が入っていたら、そのお菓子は《おいしくないお菓子》になるの。おいしくないお菓子が一つ入っていた日のお菓子は、全部《お客さんに出せないお菓子》になるのね？」

「はい」

カップ麺《めん》の中に小さな金属片が入っていたら、その製造ラインで作っていた何万個という製品は全部自己回収なのと同じだ。あるのは規模の差だけだ。

悪い豆が一粒混じっている菓子が発見されたら、他にも混じっている菓子があるかもしれない。その厳しさが食品製造業の厳しさと良心だとも聞いている。

「この豆が、ひとつでもあそこに入っていたら」

と言って奥さんは、黄金美人を焼いているオーブンに目を遣る。

「あの機械の中のお菓子は全部駄目なの。わかりますか。原料費を出して、みんなが手間暇かけて作ったお菓子は全部駄目」

「……はい」

それが二十粒も入っているとしたら、もう本当にぜんぜん駄目だ。

「簡単だけど、一番重要な作業だから一粒一粒よく確かめて、気をつけてね、ってお願いしました。覚えてるよね？」

「はい」

奥さんはボウルの中から豆を一粒つまみ出した。見た目には何ともないように見える。

「実晴くんはまだ新人さんだから、こういう豆が混じっているのは仕方がないのね。だから私が見直しているんだけど」

と言って奥さんは別の豆をつまむ。

「でもこういう豆が混じっていると、実晴くん、ちゃんと見てるのかな、って思います」

端っこが黒くなって欠けた豆だ。いかにも苦くて硬そうな皺が入っている。

「すみません。……っ……」

続いて出そうになった言葉を、実晴は辛うじて呑み込んだ。

ぼんやりしていた。矩文のことで頭がいっぱいだった。だって豆の選別なんかしたことがないし、今までやりたいと思ったこともない。でもそれは何の言い訳にもならないことはわかっている。

「すみませんでした」

口に出さなかったとは言え、そんな言い訳が湧き上がってくる自分に自己嫌悪だ。

この仕事、向いてないのかも。

そう思いながらもう一度、奥さんに頭を下げていると、ぴー。ぴー。とタイマーが鳴った。

「次回から気をつけてください。作業、ヤケドしないように気をつけてね」

「はい」

奥さんに励まされ、急いでオーブンのところに戻る。

「板の場所だけ教えるから、今日は見てて」

坂本が手際よく、お菓子が一枚につき四列に並んだ板を、フックがついた金属の棒を正面に引っかけてオーブンから取り出す。焼けムラのある左右の板を並べ替え、中央に寄せて蓋をして、また三分、タイマーをかける。

坂本がお菓子の板をワゴンに載せて作業台のところに持って行くと、パートさんが焼きたてのお菓子を覗き込むように背のびをした。

「今日もいいわね。卵を変えてからすごく照りがよくなったわ」

「そうだろう？」

褒められて坂本は得意顔だ。

いいな、と実晴は思った。仕事にやり甲斐を見つけられる人が素直に羨《うらや》ましい。そして一方で「こんな小さな店でやり甲斐を見つけてもどうしようもない」と思い上がったことを考えている自分もいる。そんな自分がたまらなく嫌だった。


レシピを練って、原材料を取り寄せ、ひとつひとつ丁寧により分けて吟味して、菓子にする。個包装して箱に並べ、店のガラスケースに並べたものを客が買ってゆく。

コンビニのスナック菓子ばかりを食べてきた実晴には、ちょっとした新世界だった。小学校のときの社会見学で、巨大生産ラインのスナック工場を見に行ったが、本当に《工場》という感じで到底食べものを作っている場所には思えなかった。

ここでは本当に、食べものだ。おいしいと言ってもらえることを糧に、希望を持って仕事をしている。温かい食べものだ。おいしい食べものはどこでも買えるが、毎日焼き加減を見ながら、子どもをあやすように作る食品はやはり違うと思う。

終業時間がきて、作業着からシャツに着替えた。帰りの挨拶をしようと思って実晴が店の方に行くと、話し声が聞こえる。女性客が来ているようだ。

うと思って」

「そう、孫の発表会があるから見に来てって言うのよ。それでね、黄金美人をお土産にしようと思って」

今日は小雨がぱらつく雨模様で、風も強く、客足がにぶいと奥さんが心配していたから、実晴も少しほっとした。

「美帆《みほ》ちゃんの子どもさん、もうそんなに大きくなったの？　よその子どもが育つのは早いって言うけど、本当にねえ」

「小学校五年生よ。ピアノとフルートを習っていて――」

会話が弾んでいるようだ。こういうときは、店の決まりごとより気遣いを優先するべきなのは実晴にもわかる。坂本も、実晴が覗く店先を指さして「お客さん？」と小さな声で訊く。はい、と実晴は答えた。

仕事の手応《てごた》えはまだないが、今日頑張って作ったものがこうして売れてゆくと嬉しいものだなと、店に向かって会釈をして離れようとしたときだ。

「子どもはスナック菓子ばかり食べるけど、美帆はこのお菓子、好きなのよ」

そんな言葉にどきりとした。

悪口と紙一重に聞こえる言葉だが、一番実晴の胸に刺さったのは、昨日までの実晴が《そう》だったからだ。

子どもはまんじゅうよりもスナック菓子が好きだ。実晴だって先月までなら、千円の箱入りまんじゅうを買うより、百円そこそこのスナック菓子を買ったほうがいいと思っていた。今だって、プライベートでどちらを選ぶかと言われれば、スナック菓子だと思う。昔に比べれば双花堂のみんなの誠実さや苦労を知っていて、自分もがんばっている欲目があるが、働く前は比較さえしなかった。

——この先、今の子どもが大人になったら。売れなくなるんじゃないかな。

ネガティブな考えが頭を過《よぎ》るが、今はそんなことを考えたって仕方がない。

先に店を出た坂本のあとを追って駐輪場に行くと急に、ぼうっと、音を立てて強風が吹きつけた。実晴はとっさに、顔の前に手を翳《かざ》して目を閉じた。頬《ほお》にパチパチと砂埃《すなぼこり》が当たる。どこかでバタバタとトタンが暴れるような音も聞こえていた。

風の強い一日で、時々竜巻寸前の激しい風が低い音を立てて吹き抜けていく。サッシから見る通行人がよろめくような暴風だ。

目を細めながら路地を歩くと丁度、スクーターで通っている坂本がひらりと手を上げて発進するところだった。

「風が強いな。自転車、転ぶなよ？」

「坂本さんも。お疲れさまでした」

「お疲れ。豆のことは気にすんなよ？　俺もルーキーの頃、同じことを奥さんに言われた」

そう言い残し、バルバルと古そうな音を立てて、スクーターは走り去る。

彼の背中を追う視線も、横から吹き付ける風にそらされてしまうほどだ。もう一度視線を上げてスクーターの姿を目で追うと、頭上に広がる雨雲が、猛スピードでこちらに吹き寄せられてくるのが見えた。

額《ひたい》に爪楊枝《つまようじ》でつつかれるような小さな雨が当たり始めている。

早く帰らなければ本降りになるかもしれない。実晴も自転車を急いで引き出した。路地を出るとき、何となく香絵が働くコンビニが気にかかった。もうそろそろ香絵がシフトに入る時間だ。ここのところすっきりしない気持ちを、香絵ならどう結論づけるかを聞いてみたかったが、わざわざ呼び出すほどのことではない。雨脚も強くなりそうだ。

大きな道路に出ると、また突風が吹き付けてきた。急に横から吹くから怖い。まともに受けたらよろめきそうだ。

家まで十五分ほどの道のりだ。急いで帰れば何とかなると思っていたが、あっというまに雨粒は大きくなって、地面で水しぶきを上げるようになった。

「うわ、最悪」

電車で帰ろうかと考えるが、駅に行くあいだに家に着くような距離だ。しかしこのまま帰れば、帰宅するまでにずぶ濡《ぬ》れになる。

鞄は撥水《はっすい》だから中味は心配ない。どんどん濡れてくる肩と胸を不快に思いながら、白く煙り始めた雨のなか、一生懸命自転車を漕いでいたときだ。

遠くに人影が見えた。ぶつからないようにと大きく避けようとしたとき向こうが手を上げた。

男の人だ。背が高い。

ハンドルを切ろうとしたとき、実晴は思わず地面につま先をついた。

「……矩さん」

雨に降られながら呆然と名前を呼ぶ。

人違いかと目を擦《こす》りそうになったが、どう見ても矩文だ。なぜ矩文が、こんな時間にこんなところで？

矩文は私服で、手には何も持っていなかった。実晴と同じ、雨に濡れた上半身が歪《いびつ》な斑《まだら》に染まっている。

「仕事、終わったの？　実晴。お疲れさま」

雨が降っているのに気づかないように、矩文は穏やかに声をかけてくる。

「矩さん、なんで……」

びっくりしすぎて声がうわずる実晴に、矩文は寂しそうな笑顔で目を伏せた。

「週末の、出張の振休」

「あ……ああ……」

会社を休んだのではないとわかっただけで、ものすごく安堵した。このところ、矩文がいくら様子がおかしいといっても、ちゃんと休日だったのだ。ここ一週間ほど連絡を取ってい

ないから、矩文が週末にいなかったことも知らなかった。

会社を休んでこんなところをふらふらしているのではなくてよかった。――と胸を撫で下ろしている場合ではなかった。

「こんなところで、何をしてるの」

あたりは普通の一本道だ。事務所などが並ぶとおりで、飲食店などもないし、矩文がこんな時間に偶然歩いているような場所でもない。

「実晴を待ってた。電話に出てくれないから」

「嘘」

「嘘じゃないよ」

確かに自転車で出勤した日は必ずここを通る。帰りの時間もだいたい決まっている。でも先日のように豆の選別が長引いたり、この雨の中――もし帰るのがあと十分遅かったら実晴は駅に向かっただろう――本当にここを通るかどうかわからないのに、なぜこんなところにいるのか。

「言い訳がしたい。実晴が怒ったなら謝りたい。俺がどう思っていようと口にすべきじゃなかったことだ。実晴に当たってしまった。驚かせて悪かった」

「あのねえ、矩さん……！」

この人はまだわからないのか。そう思うと腹が立ってくる。

自分が何に怒っているか、矩文はぜんぜんわかっていない。雨の中謝りに来てくれたのはかわいそうなくらい誠実なことだが、実晴の怒りと嫌悪に油を注ぐ行為だ。矩文がかっこ悪いのが気に食わない。なぜそれがわからないのだろう。

こうして立っている僅《わず》かな間にも、嵐は真上にやってきているようだった。

ざあざあという雨音が、本格的に耳を塞ぎ始めた。

「そういう似合わないことやめてよ。言っただろ？　矩さんは矩さんだけの矩さんじゃない」

矩文の人生は矩文一人のものではない。矩文に憧れてきた、これからも矩文の幸せを祈っている自分の一生の半分くらいでもある。

「そんなの実晴の勘違いだ」

矩文ははっきり答えたあと顔を歪めた。矩文の頬を雨が叩く。

「実晴の言い分が正しいなら、俺は実晴に嘘をついていたかもしれない。実晴が、俺をかっこいいなんて言うから、できないわけにはいかなくなった。実晴が憧れてくれる俺になりたかった」

「なれてるんだからスゲエじゃん」

そこが矩文のすごいところだ。期待に応えようとして結果を出せる。凡人にはできないことだ。やっぱり好きだ。そんな矩文を卑下するなんて許せないことだった。

髪に染みてこめかみから流れてくる雨粒が生汗のように気持ちが悪い。

「すごくないよ。本当はけっこうだらしないんだ。仕事がうまく行かないと普通に凹んだりもする」

嫌な気分を隠さずに、顔をしかめて吐き捨てた。

「矩さんらしくない」

「これが本当の俺だから。実晴の前でかっこつけようとしたことも含めて」

「俺のせいだって言うの？」

「半分は。押しつけるつもりはないけど」

「押しつけてるも同然だろ？」

「実晴が、俺のせいだって言うから、俺は俺の正当な主張をしただけだ」

「意味がわかんない」

矩文の言っていることがさっぱりわからない。他人に矩文の悪口を聞かされているようでものすごく不快だった。いつもならまったく我慢をせずに相手を怒鳴るところだが、目の前にいる男は矩文だ。悪夢のようなビジョンだ。

「俺、帰るよ。雨だし」

そうだ、悪夢の続きなんだ。家に帰って眠って目が覚めたらきっと現実に戻れる。

別れの言葉も満足に浮かばない。そのとき鞄の中で音楽が鳴りはじめた。家からのようだ。

「もしもし？」

これ以上何も言われたくなくて、矩文の目の前でわざわざ言い訳のようにスマートフォンを取り出して耳に当てた。通話のせいで何も喋れないから、と、軽く矩文に手を上げ、顎と肩にスマートフォンを挟んで自転車を動かそうとしたとき、母がおかしなことを言った。

――お部屋が、実晴の部屋がなくなったの。お母さん、もうびっくりで！

「……え？」

ぜんぜん文脈が見えない。雨音のせいで聞き取れなかったのかもしれない。

「母さん？」

一戸建てのあの家で、実晴の部屋がなくなったとはどういうことだろう。一瞬火事のことを思い出してゾッとしたが、それなら《家がなくなった》と言うだろう。誰かが急にやってきて部屋を奪い取るとも考えられない。

――窓も壁も全部なくなって、それで、ブルーシートを張ってもらっていてね。

母は動転しているようで、風が、とか屋根が、とか、切れ切れの単語を一気に口に出そうとして混乱している。

自転車に跨《また》がろうと思ったが、母の様子があまりにおかしいので自転車の横に立ったまま、実晴はスマートフォンを耳に強く押し当てた。風が吹いて聞き取りにくい。

「何があったの。雨漏り？」

頭からずぶ濡れになりながら、とりあえず思いついた単語を口に出す。

——電柱工事の籠が、強風に煽《あお》られて、実晴の部屋に倒れ込んで。それで、窓がガシャーンって。音がして、お母さん、びっくりして。

そういえば、数日前から通りの左端から順番に、電柱の工事をしている車が停まっていたのを実晴も見た。

クレーンで空に差し出されているあの籠が、風に吹かれて部屋に倒れかかってきたということか。

「だ……母さんは大丈夫なの⁉」

焦りの回路が急に繋がる。クレーンが家の上に落ちて来たのだ。窓が割れる音を聞いたと言うことは、事故のとき母は家にいたということだ。通りに面した実晴の部屋が壊れたというなら、リビングは——いったいどの位置にあるのか……とっさに頭が回らない。

——うん。お母さんは大丈夫。でも実晴の、実晴の部屋が……。

どうしようと思って、思わず矩文を振り返った。矩文ならなんとかしてくれると思ったが、こんな喧嘩の最中だ。今は矩文を頼れない。

「……？」

矩文は怪訝そうにこちらを見ている。

黙って逃げ出そうと思ったが、ワゴンが突っ込むような事故なら、向かいに住んでいる矩文に知られないわけがなかった。

いた。

雨が激しくなる。

ザアザアと耳を塞ぐ雨と強風の中、片耳で母の声を聞きながら、呆然と実晴は矩文を見ていた。

お見事、という感じだ。

家の斜め前に、籠がついたクレーン車が停まっている。風に煽られて横倒しになったそうで、運転席側の車輪が二つとも浮き、少し屈めば車体の裏側が見えそうだ。

籠は実晴の部屋の窓辺を直撃していた。窓の真上から、大きく一口齧《かじ》ったようにぽっかりと穴が開いて室内が見え、その周りは何ともなっていない。毎朝矩文を見送る場所に座っていたら、まさに頭上に降ってきたような位置だ。

家の周りには車が何台も停まっている。煙《けぶ》るような雨の中、道路のまん中あたりまで、黄色と黒のコーンが転々と置かれ、赤く光る棒を持った人が、通行を制御しているのが見えた。

警察車両と工事をしていた会社の車、見たことがないワゴン車。

髪から顎から、雨の雫《しずく》が滴《したた》る。口で息をしながら実晴は呆然と家の前に佇《たたず》んだ。

車で来ていた矩文が「送る」と言ってくれたが、大した距離ではないし、あとから自転車を取りに行くのも面倒だ。誰も怪我人はいないから慌てて帰ったって仕方がない。

実晴が塀の中に入ろうとすると、紺色の制服の人に止められた。

「事故がありました。ここは危ないので、すみませんが、横断歩道を渡って向こうがわの道路を通ってもらえます？」

「通行人じゃないです。俺、ここの家の者です」

「それは失礼しました。自転車は……そうですね……」

玄関の入り口のところに、作業の工具が置かれていて、門の前が塞がれている。雨の中周りを見回していると、玄関のドアが開いた。母だ。

「実晴！」

「母さん」

実晴は手を上げて母に応えた。

「怪我がなくてよかった。大丈夫？」

外から見て、壊れているのは自分の部屋のあたりだけのようだ。それなら別に大したものは置いていない。大学に行って留守にしている間、部屋はからっぽだったし、親に見られてバツの悪いものはだいたいノートパソコンの中だ。……それも親から見れば昔から仲よしの遠縁の男の子との、懐かしく微笑ましい思い出写真に映るに違いない。

母は雨の中、外に出て、壊れた実晴の部屋と実晴を見比べながら、おろおろと言う。

「大丈夫だけど、実晴の部屋が……」

改めて見上げると、部屋の隅っこがごっそりそげ落ちている。今は業者の人たちが、屋根瓦の上から青いビニールシートを張って、雨を凌《しの》ぐ準備をしているところだ。

窓辺とベッドのあたりまで駄目そうだな、と見上げていると背後から声がした。

「誰もお怪我《けが》はありませんでしたか？」

「矩文くん」

母が、実晴を見たときより安心したような声で言う。実晴は母を背中に庇《かば》うようにしながら、グレーの傘をさしている矩文を振り返った。

「大丈夫。見た感じ、俺の部屋だけだし、他のところは無事だから寝るところもあるし、心配しなくていいよ」

とにかく先日から矩文とは気まずいのだ。互いに心の整理がつくまで接近しないほうがいい。だが母が背後で困ったように言った。

「壊れたのは実晴の部屋だけだけど、裏側の壁も壊れてて」

「空き部屋だろ？」

窓と壁のすぐ隣。確かに窓のあたりが木《こ》っ端微塵《ぱみじん》だから隣の部屋の角も壊れたかもしれないが、誰も使っていない部屋だ。

「お客さん用のお布団が全部駄目になってて、実晴のお布団がなくって」

そうだったのか、と実晴は目をまたたかせた。誰も使っていない部屋で物置になっていたのだが、そこに予備の布団があったとは知らなかった。

「お父さんやお母さんと一緒に寝てもいいなら……」

「いや、それはさすがに」

今さら親子三人、一枚の布団で川の字というのは、気恥ずかしいというより何かの罰ゲームのようだ。

「いいよ。大丈夫だって。厚着して寝るし、もうあったかいし」

幸い真冬でもなく夜肌寒い程度だ。重ね着をすれば風邪を引くような気候でもない。

「そうね……。お父さんが帰ってきたら、一緒にお布団を買いに行って、それから……」

「よかったら、実晴。うちに来ないか？」

見かねたように口を挟んだのは矩文だ。

「矩文くん」

本当の王子様を見たように、母の顔が明るくなる。自分だって、この間までの話なら――矩文さえ、勘違いだと認めてくれたら、この不運を、頑張ってきたご褒美《ほうび》だととらえて、斜めになっているクレーン車を拝んだかもしれない。

「来客用に、ソファベッドもありますし。嫌なら俺のベッドを譲ってもいいです」

「そんな、実晴なんか床でいいのよ！」

「何で矩さんちに行くのが前提の話してるんだよ！」

行くか行かないかをすっ飛ばして、どこで寝るかなんて、実晴を無視するにもほどがある。

矩文はいつもの落ち着いた様子で言った。

「とにかく、家の中でできることが全部済んだら、今夜だけでもうちにおいで。うちなら走って二分だし、家が気にかかるにしても、すぐに戻れるから安心だろう?」

「そうね。矩文くんには申し訳ないけど、そうしてもらえると助かるわ。家賃はちゃんと持たせるから」

「いえ、そんなのいりませんよ」

「だから……だからさ……!」

なぜ自分の身の振り方を、母と矩文が決めるのか。

まったくの子ども扱いのようで理不尽だったが、そういえば昔からこうで、そのあともずっとこの状況に甘んじてきたから、自分のせいなのだと実晴は今さら思い知った。


洗いざらしの髪に、パジャマ姿で実晴はソファの隅に座っている。

「ハーブティー。リラックスブレンドってラベルに書いてあった」

紅茶に比べてあまり詳しくなさそうに矩文は言って、両手にマグカップを握ってくる。カップの外に糸とタグがぶら下がっている。ティーバッグのようだ。

矩文はひとつを実晴の前に置き、ひとつを自分の前に置く。

「家。大丈夫なの？」

心配そうに矩文が言う。

「うん……。俺の部屋はめちゃめちゃだけど、他は屋根とちょっと隣の部屋が崩れたくらいで、問題ないみたい」

自分の部屋と、隣の部屋の壁と布団が入った押し入れをピンポイントで削《けず》り取った感じだ。他はあっけないくらい何ともない。

「とりあえず貴重品だけ持って、部屋の片付けは、明日、業者の人が本当に危なくないかを確認してからにしてくれって言われてる」

直撃を受けた実晴の部屋と、隣の部屋、そしてその階下は万が一にも瓦礫《がれき》が落ちたりしては危険だから、明日、明るくなって業者がある程度の瓦礫を除き、安全が確認されてから片付けを始めてくれと言われた。

実晴の部屋は、元々物が少ない。机は古いし、瓦《かわら》が散乱したベッドも雨で濡れていて買い直すしかないようだった。とりあえずノートパソコンは無事でそれだけ持ってきた。オーディオ類やテレビも、雨や埃を被っていて生きているかわからない。

矩文は、深刻そうな表情を微かに緩めて頷いた。

「そう。誰も怪我人がいなくてよかった」

「うん」

あれが朝、いつもの時間だったら、あるいは母が洗濯物を干すタイミングだったらと思うとゾッとする。今回失った物や家の壊れた部分は電力会社が全部弁償してくれると言うし、傾いたワゴンからとっさに屋根に飛び移った工事の人も含め、全員無事で本当によかった。

あのあと、矩文が家にオードブルを差し入れしてくれた。キッチンは無事だが、母は夕食を作れる気分ではないだろうし、総菜にしたって今日は雨だ。時刻も夕方で、近所の店も店じまいに近い時刻だった。矩文が車で買って来てくれて本当に助かった。

風呂は問題なく、父と母は念のため、今夜は事故の箇所から一番遠い部屋で寝るそうだ。他は大丈夫だということだがやはり明日、ちゃんと家全体を点検してもらうまで不安は拭《ぬぐ》えない。夜中に突然崩れ落ちたら今度こそしゃれにならない。

矩文のお陰で本当に助かった——。

実晴は、ふんわり優しい香りがするハーブのマグカップを両手に包みながら、ちらりと視線を上げて矩文を見た。

「矩さん……、嫌じゃないの？」

「何が」

「俺、色々矩さんに言ったのに」

本当は今も納得できないが、それにしたって実晴は矩文に色々失礼なことを言いすぎだ。

今こうして向き合っていると矩文は普段の矩文に見えた。かっこよくて機転が利いて優しい、落ち着いた男性だ。こういう人が本当に存在するんだな、と感心するような完璧な人だった。やはりさっきまでの矩文のほうがおかしくて、今は元の矩文に戻ってくれたのだろうか。あるいはやはり、自分だけが見た悪夢だったのだろうか。

矩文は、少し寂しそうな顔をして、きれいなカーブを描く瞼を伏せた。

「言われても当然だと思う。ただし、俺は実晴が思ってるほど上等な人間じゃないっていうのが伝わればいいなとは思っているけど」

後遺症が残っている。いつもの矩文に戻ったと思ったが、やはりまだどこかおかしいようだ。

この状態で矩文にどう説明していいかわからず、実晴は困惑したままハーブティーを飲むしかない。

爽《さわ》やかな香りだ。飲むと舌の奥のほうがほんのりと甘い。

同じようにハーブティーを飲んでいた矩文がしみじみと実晴を見た。

「実晴のパジャマ姿を見るのは久しぶりだな」

「……うん」

矩文のパジャマ姿も久しぶりだ。

紺色の無地のパジャマで、縁取りだけが少し明るい青だ。実晴のパジャマは母が買って来たてきとうな青系のチェックで、小さい頃は《矩文は寝るときまでおしゃれなのか》と感心したものだ。

矩文が中学校の頃までは、時々互いの家に泊まりあいっこしていたのだが、矩文が受験を目前にしたころ、母が《いい加減に遠慮なさい》と実晴を叱《しか》った。

――矩くんはいいって言った！

矩文に「大丈夫だよ」と言われたから実晴はそれを信じて母に反抗したが、今思うとかなり厚かましいことだ。

懐かしい時間だった。だからこの違和感に耐えられない。

「矩さん」

「あのね、実晴」

切り出すタイミングを見計らっていたように、矩文がやんわりと実晴を制した。

「実晴も色々言いたいことがあるだろうけど、今日のところは休まないか？　ずいぶんびっくりしただろうし、これからのことも考えなきゃならないし。雨に降られた日は、早く休んだほうがいい」

矩文のこういうところがズルい。

こんなに優しく諭されるように囁かれたら、たいがいのことには頷かざるを得なくなる。

「……うん」

この間のことについては、まだ胸にもやもやと黒く渦巻《うずま》いているが、今、なんと言って矩文を説得すればいいのか、まだ実晴にもよくわからない。

雨で冷やされたせいか、矩文の言うように身体が重く、頭がうまく回らない。冷静なつもりでいたがやはり事故のショックはあったようで、心がくたびれている。

「じゃあ、休む準備をしよう。布団とか出してくるからそこで待ってて」

矩文は飲みかけのハーブティーをそのままにソファを立ち上がった。あっと実晴は腰を浮かす。

「もうそんなに寒くないし、わざわざ布団、出さなくていいよ」

「気にしないでくれ。すぐ出せるところにあるし。実晴に風邪を引かせたら、おばさんたちに合わせる顔がない」

「そんなことないって」

何度かここに泊まりに来たことがあるが、今さら客のような扱いというのも気が引ける。ウォークインクロゼットに入っていく矩文のあとを追いながら、実晴は矩文の背中に呼びかける。

「の、矩さんの隣でいいよ。この間だって、矩さんの隣で寝かせてもらったし、今日も隣で寝ていい?」

寝相は悪くないはずだ。矩文が黙って我慢してくれているのでなかったら。

実晴がウォークインクロゼットの中に入ったところで、こちらを向いている矩文と目が合った。

「実晴はやっぱり俺の話をちゃんと聞いてない。駄目だよ」

「なんで？」

尋ねると、矩文は小さく首を傾げた。

「男で、大人で、実晴が好きって、喋っちゃったから」

そう言ってアコーディオンカーテンを開け、中から布団を抱え出す。

布団を抱えたままこちらに来られて、実晴は場所を譲るしかなかった。そして布団を別室に運ぶ矩文のあとを追う。

「矩さん」

「実晴にキスをしたい俺の気持ち、わかってる？」

実晴は思わず立ち止まった。

——男で、大人で、実晴が好きって、喋っちゃったから。

男として、大人の本気さについてくるいろいろな事情とともに、矩文が好きだと言ってしまったから。

LIKEではなくLOVE。愛《すき》と愛《すき》には違いないのに、英単語にしたらはっきり分かれてしまう違いだ。

今頃になって、急に刃《やいば》を突きつけられるような気がして、どきりとした。

恋愛と性欲。実晴の濃すぎる憧れよりももっと生々しい現実味のある感覚に戸惑う。

廊下の向こうに歩いてゆく矩文の姿が消える前に、実晴は懸命に声を絞り出す。

「の……矩さんがそういう、冗談言う人だと、思わなかった」

矩文に性欲があるなんて考えもしなかったが、それがおかしいのは実晴にもわかる。結婚して、子どもが生まれるということはそういうことだ。だがそれが自分に向けられるなんて想像したこともなかった。

明るい部屋から振り返る矩文は知らない人のように見えた。

「それは実晴が知らなかっただけだ」

何となく怖くなって、実晴は急いで矩文のあとを追う。

「そ、それは、わかる。けど」

確かに自分だって、恋心と別の場所にある、動物的な衝動を持っている。それをわざわざ矩文に見せたりはしないが、どこから見ても清潔な矩文に、自分と同じ、どろどろと熱を蓄えた獣じみた欲があるとは思いたくない。しかも相手が自分ならよけい想像がつかなかった。実晴が、矩文が映ったスマートフォンの画面を額に当ててベッドを転がりまくるよりもさらに想像がつかない。

「俺に対して、そんなこと考えてたなんて嘘だろ？　冗談だよね？　ごめん、まだそういう冗談に慣れてないんだ。急すぎるって。それに矩さんは、全部俺に教えてくれるって言ったじゃないか。嘘だったの？」

ソファの背を倒し、薄いベッドパッドとシーツを敷いてくれる矩文に訴える。矩文はソファをベッドにする作業の手を止めないまま実晴に答えた。

「嘘じゃないよ。言っておくけど、実晴に嘘をついたことはない。隠していたことはあるかもしれないけど」

矩文の説明に、後ろめたさを覚えた。

誰だってそんなものだと思う。でも矩文だけは違うと思っていた。矩文はどこを切っても見苦しいところなど出てこないと思っていたし、自分が知らない矩文があるなど、今まで考えてもみなかった。

矩文はてきぱきと、ソファにベッドを作って、呆然と立ち尽くすままの実晴を振り返った。

「おやすみ、実晴」

「矩さんは？」

矩文はリビングに足を向けた。急に突き放される気がして実晴は数歩あとを追うが、それ以上、呼び止める言葉が出ない。

「もう少しテレビを観てから寝る」

「ニュースとか？」

夜のニュースなどあまり観ないが、矩文が観るというなら一緒に観ようと思った。昔から、矩文の隣でテレビを観るのが好きだった。外国のニュースでも株価でも何でもいい。隣に座って、ちゃんと話して、はっきりと矩文の口で冗談だったと、言ってもらってからでないと眠れない。

矩文は少し開きなおったような白々とした微笑みを浮かべ、一言言い残して部屋を出ていった。

「真夜中にある、バラエティが好き」

意外すぎてぐうの音も出ない。

部屋が広いと、物音が大きい。

真っ暗な部屋で、羽布団の中で動くと、衣擦《きぬず》れの音が響くから、寝返りも思い切り打てない。矩文のマンションに遊びに来て、矩文と別に寝るなど初めてだ。この部屋に泊まりに来るのはほとんど矩文と同じベッドに入るのが目当てだったから、初めて一人で寝かされて戸惑ってしまう。

——キスしたい俺の気持ち、わかってる?

好きな人にキスしたい気持ちはわかる。だが、それが自分に対して、というとたんにわからない。もしも自分が矩文にキスできるとしたら、歯が磨《す》り減りそうになるまで歯みがき

をしたあと、特別な何かのイベントで――例えばおとぎ話の騎士が――というとかっこよすぎか――門番とか家臣が、王子様に忠誠を誓うため、手袋の上から手の甲にキスをするとか――。いや、やはり国宝の焼き物にキスをする場面はどうしても思いつかない。自分でも冒しがたい。とにかくそのくらい大切なのだ。

それにもしも矩文のほうからだとして、透明人間にキスをしてどうするつもりなんだろう。透明人間じゃなかったら……もっとヤバイじゃないか。

「……」

実晴は布団の上に腕を出して、ふう、と夜の中にため息をついた。

矩文はいつまでこんな冗談を続ける気だろう。矩文はもしかして、何かの楽しい遊びのつもりで、それを自分が理解できないだけだろうか。

いやいや。

実晴はまた、こそこそと音を立てながら控えめに寝返りを打った。

王子様はお姫様とキスをするべきだ。例えば白雪姫。例えば茨姫《オーロラ》。透明人間とキスをする王子様なんて聞いたことがない。

「――矩さんとキスか……」

どんな感じだろう、と思って、実晴ははっと唇を押さえた。矩文は別の部屋だが、聞こえたらまずい。

「……」

顔がジワジワ熱くなるのを感じながら、実晴はなるべく音を立てないように布団の中に潜り込んだ。

もしもお姫様に生まれ変わったら、そういう日が来るといいな。そんなことを考えたが、まずはお金持ちの家に生まれて、お姫様だって勉強していい会社に入らなければ、実晴のお眼鏡には叶わない。美人に生まれる確率はどれくらいだろう。賢く生まれる確率は？

お姫様も大変だな、と思って、男に生まれた今だって矩文の側にいられない自分が女性に生まれ変わったところで側にはいられないのだろうと思うと、悲しくなった。


翌日の昼休みを見計らうようにして、香絵からスマートフォンに電話がかかってきた。いつもはメッセンジャーがせいぜいなのに、何事かと思ったら、香絵は昨日の夕方、出勤中にうちの前を通りかかったらしい。

それは驚いただろうと思いながら、昼休みに駐輪場に出て、実晴はスマートフォンを耳に当てていた。

雨は止んだが、今日もどんよりと重たい曇り空だ。

――実晴がキレて、家に放火でもしたのかと思ったよ！

「俺が自宅に放火するほど何にキレるんだよ。っていうか、俺、そういうキャラかよ」

――いや、実晴にそんな度胸がないってのは知ってるけど、人間キレると何するかわからないじゃん？　テレビのインタビューでもよく《普段はいい子で、真面目で優しくて》とか言ってるし。

「あのなあ」

罵倒《ばとう》か擁護《ようご》か悪口かよくわからない。

香絵は、はあ、と聞こえるようなため息をついた。

――でもみんな無事でよかった。マジで。あーほんと昨日からずっとドキドキしてた……。

「ありがとう、香絵。大丈夫だったよ」

香絵は口は悪いが優しい。素直な心配にお礼を言ってじゃあ、と言おうとしたとき、香絵に話したいことがあったのを思い出した。

「あの……さ」

――何？　カツ丼なら……あー……まだ残ってるけど。

レジから棚を覗く仕草が見えそうだ。

「昼飯はもう食ったって」

香絵なら助けてくれるのではないかと思っていた。実晴が気に入ることも入らないこともお構いなしに、ぐじぐじした物思いを蹴《け》り飛ばしてくれるのではないか。

自分が憧れていた人が、突然様子がおかしくなって、その上自分のことを好きだとまで言う——。こういうとき、俺はどうしたらいい？　矩文は何を考えてると思う？

「……。……ごめん、何でもない」

矩文に会ったことがない香絵に、こんなことを打ち明けても、香絵だって何も応えられないのはわかっていた。

それでも何とかヒントが欲しい。だがこの状況を何と説明していいかわからない。悪いことではない。ただ間違いなのだ。あんなのは矩文ではない。

寝癖の髪で、歯ブラシを咥《くわ》える矩文の姿に衝撃を受けてしまった。そんなだらしない矩文がショックだ。でも、それを指摘する自分だって、髪がぼさぼさで目も少し腫《は》れていた。

矩文に完璧を求めすぎだろうか。動揺する気持ちを抑えながら百歩譲ったとしても、自分を好きなのは駄目だ。

黙り込んだ自分に香絵が怪訝そうな声を出した。

——なんてか……愚痴とかなら、付き合うけど？　アンタの奢《おご》りで。

実晴はため息をついた。香絵に相談したくとも、自分の中で何がどこまで譲れないか、はっきりした仕分けができていないから、打ち明けるに打ち明けられない。

「ごめん。ほんと何でもない。ケーキぐらいなら奢るよ。駅前とかでいいならだけど」

まだ給料を貰い始めて二ヶ月だ。三ヶ月間は試採用だから、契約賃金の八割しか貰えなくて財布の中身は学生の頃と変わりがない。駅前の、チェーン店のコーヒーとケーキでも香絵なら許してくれるだろう。

——あのさあ。

ぼんやりとしたところに香絵が不機嫌そうに言った。

「食事とかは、もうちょっと待っ……」

——実晴、和菓子屋だろ？　何でケーキなの？

「え？」

思いがけない質問に、実晴はきょとんと目を瞠《みは》る。

——別にたったこれだけで、お礼とかそういうの期待してないけど、ソコ、ケーキじゃなくて、《俺が作った和菓子》でしょ？

詰問のように説明されて、実晴は、ああ、と思った。香絵の心配に対して単純に好意で返すなら、確かにケーキではなく、不格好でも自分で作った和菓子だ。

「いや、別に。そういう決心みたいな感じじゃなくて、女子は、ケーキのほうが喜ぶかなと思っただけ」

学生の頃のように、安いケーキと薄いコーヒーを出してくれる騒がしい店で、馬鹿《ばか》話をしながら短い時間、香絵にケーキを奢ってやりたいと思っただけだ。

——そっか。そういうんだ……。

香絵の声は不満そうだ。

「何？　香絵、和菓子が好きなの？」

もしかして、本当にうちの和菓子を期待していたのだろうか。

香絵は面倒くさそうに応えた。

——職場に帰って鏡見なよ。……まあ、実晴とかおばさんが無事でよかった。そろそろ私、昼休み終わるから。

そう言われて、実晴もスマートフォンを耳から離して画面を見た。ボタンに触れると時計が見える。こっちの昼休みもあと五分ちょっとでおしまいだ。

「わかった。ありがとう、香絵。心配しないで」

——オッケー。バイバイ。

そう言って香絵はいつも通りさっぱり通話を切った。

スマートフォンを鞄にしまって店に戻る。仕事中はロッカーに入れているから、スマートフォンを弄《いじ》るのは昼休みだけだ。

軋《きし》んだ音がするサッシのガラス戸を開け、店の中に入ると、上がり口のところで奥さんとパートさんがお茶を飲みながら話をしていた。昼休みの世間話かと思ったら、深刻な顔だ。

「ねえ、実晴くん」

さりげなく避けて通ろうと思っていたところに声をかけられ、実晴は少し困りながら立ち止まった。

奥さんが問いかけてくる。

「実晴くん、和菓子、好き？」

何を試されているのだろう。新人の実晴には、ここで起こるすべてのことが適性検査のような気分が続いている。

何と答えれば正しいのか。戸惑っていると、答えやすいように言葉が足された。

「作るんじゃなくて、食べるほう。おやつとか」

「あ……そうですね……」

ますます困った。おとうさんには、入社前まであまり和菓子を食べたことがないと伝えてある。奥さんに伝わっているだろうか。伝わっていないとしたら、そんなことを応えたら気分を悪くしたりしないだろうか。

何と答えればいいのかわからずに口ごもっていると、実晴に考える時間を与えるように、奥さんはぽつぽつと世間話を始めた。

「うちでは、レジ横でお客さんの年齢層をチェックしてるんだけどね」

実晴も知っている。レジ横にノートが置いてあって、一から七まで数字が書いてあり、その横に正しいという字があちこち書きかけている。そのまんま、一は十代、二は二十代、三は三十代ということだ。来客数と客層をカウントするらしい。実晴はまだレジを打たないが、取り急ぎ販売するようなことがあったら、ノートに記入しろと言われている。

「最近、お客さんがご年配のかたばっかりになっちゃって、このままでいいのかな、って考えるようになってねえ……」

この間のことがきっかけだろうかと実晴は察した。実晴が心配したことを奥さんも心配していて、奥さんはその先を分析したようだ。試されているわけではないようだが、あまりいい言葉も思いつけない。

「えと……俺は、男だし、ここに来る前は、あんまり和菓子って食べませんでした」

「そうよねえ」

「ここに来るようになってから、色々食べてみて、おいしいなって思って」

それは正直な話だ。食べ慣れ、というのだろうか、最初は餡子がぜんぜん食べられなかったのだが、食べ慣れると、チョコレートなどとは違う、ほんのり後を引く甘さがとてもいいと思った。自分で餡子を練ったり、豆を選別するようになってからは、母が買ってくる市販のまんじゅうを割って、中を眺めて齧ってみたりもした。身びいきかもしれないが、うちのまんじゅうのほうが比べものにならないくらいおいしい。

「ありがとう、でもね」

実晴の答えは想定内というように、奥さんは暗い顔をした。

「実晴くんがまったくのプライベートで、おやつを買おうと思ったとき、うちのお菓子を買う?」

「……俺がここで働いていることを考えずに、ってことですか?」

「そう。まったく赤の他人として。実晴くんが、大学を卒業して、そのまま別の会社にお勤めしていたらと考えたとき」

そういう条件を出されたら取り繕いようがない。

「……俺、スナック菓子派だったから、ポテトチップスとか、せいぜい柿ピーとか、そういうのしか食べなかったと思います。母さんが買って来てたら……食べるかもしれないけど」

これはややお世辞だ。餡子のおいしさがわからないままなら、母の食べものとして、餡子が入ったまんじゅうなど触りもしなかっただろう。

「そうよねえ……」

今度こそ、というふうに、奥さんは肩で大きくため息をつく。

「うちの人ったら、《おいしいお菓子を作っていたら、ちゃんと客はわかってくれる》って言うんだけど、このままじゃ、先細りするばっかりだと思うのよね」

「そんなことないです」

今までずっと百年以上も滅びなかった和菓子業界だ。今さら大躍進はないかもしれないが、急に消えたりもしないと思う。

なんとか励まそうと思うが、それ以上、奥さんにかける言葉を見つけられない。このままじゃ衰退する一方だと実晴も思うし、でも実晴一人が和菓子を食べ始めても何も変わらない。急に言われてもいいアイディアもない。

考え込む自分に、逆に奥さんのほうが労《いたわ》るような声をかけてくれた。和菓子屋のおもてを支えてきた人だ。特別な美人ではないが笑顔がチャーミングだ。

「実晴くんが、一人前になって、がんばってもらえる店をやってかなきゃならないんだから、がんばろうね」

「はい」

ほっとしながら実晴は頷く。

実晴はロッカールームに向かった。灰色のロッカーを開け、バッグを入れる。ただでさえ心細い未来は、今後さらに細ってゆくのだろうか。

自分がここでがんばり続けても意味があるのだろうか。実晴が一人前になってから辞めると言いだすよりも、店も自分も傷が浅いうちに、辞めたほうがいいのだろうか。最近少しおいしいなと思うことはあっても、和菓子が大好きというほどではない。将来の保証はまったくない仕事でもある。

白い作業着を羽織って、前のボタンを留めながらつらつらと考えごとをする。

自分はどうなりたいのか。なりゆきのまま和菓子職人になろうとしているが、やり甲斐とか情熱が見当たらない。矩文にはケーキしか似合わないからだ。紅茶にはやっぱりケーキだと思う。その矩文は――。

考えると胸が軋んだ。

矩文が好きで、矩文に気に入られる自分になりたくてこれまで頑張ってきたつもりだ。結局、矩文のあとはぜんぜん追いかけられずに、同じスーツのサラリーマンになる夢も破れ、矩文に似合わない和菓子職人のレールに乗って……そんな自分を矩文は好きだという。

「午後、始めるぞ！」

「は……はい！」

立ちつくしそうになっていたところに呼びかけられて、実晴は我に返る。

やる気も、未来も、自分の姿までもが輪郭を失ってぼんやりとするくらい、何も見えなくなりそうだ。これまで矩文のそばで、二十年近く何も疑わずに暮らしてきたのに、矩文があんなことを言い出してから、思い出も未来も、自分の周りさえも、急に霧の中に投げ込まれたかのようだ。


時間は流れる。人生は続く。

友人と喧嘩をして辛いときも、受験で苦しいときも、絶対的な事実を受け入れてきた。

「……今だけは無理」

実晴は、矩文のマンションの部屋のドアの前で呟いた。

矩文の部屋のドアの前に立っても、チャイムに手を伸ばせずにいる。こんなことをしたって無駄だ。チャイムを押す以外に自分に選択肢はない。

完全に思考が停滞しているというのに、時間は流れている。まるで濁流の縁にしがみついているかのようだ。抵抗は無駄だ。

仕事が終わって帰宅した。日中、柱や壁の安全が確認されたそうで、ほっとしながら自宅を少し片付けた。といっても、実晴の部屋の家具はほとんど駄目で、必要なものだけを保護したら、あとは電力会社が派遣した清掃会社や工務店がやってきて、新しくしてくれるそうだ。

当座の服、弾かなくなったギターとか、風景の写真集とか、たいして取り出す物もなく、天井を見上げれば青いシートが見える部屋を出て、夕飯を食べた。風呂に入り、あしたの用意をして矩文の部屋に向かう。弁当は朝、実家によって母から受け取ることにしていた。

そして再び矩文の部屋の前に立つことになったのだが、時間が止まることを実晴は全力で祈っている。

結局立ち尽くしていたのは、二十秒ほどだっただろうか。埒《らち》があかずにチャイムを押すと、すぐに応答の気配がある。右上に防犯カメラがある。

――お帰り、実晴。

そう言って、ドアでかちゃっとロックが外れる音がした。

中に入ると、ワイシャツ姿の矩文が廊下の向こうに現れて、改めて言う。

「お帰り」

肉声は、スピーカー越しの音声より品があって美しい。だが、口にする言葉がやはり気に食わない。

「お、おじゃまします」

この間まではそんなふうに言わなかった。すました顔で、いらっしゃい、と言って微笑んでくれるのが大好きだった。ここは実晴の家ではないのだから、ただいまと言うのはやはりおかしい。

「お茶は、ハーブティーでいい？」

そう言って矩文は、キッチンへ向かった。ソファの上に四角い革の鞄が置いてある。家を出る前に、今からお邪魔していいかとメッセンジャーで尋ねたら、《どうぞ。今帰ったところ》と返ってきた。本当に帰宅したばかりのようだ。

実晴が夕食と風呂をすませて寝る準備をしてここに来るのと、矩文が会社帰りに夕食を済ませて帰宅するのが丁度同じ時間になるらしい。

ガラスのポットを用意しながら、矩文が言う。ペンダントライトに、やわらかいカーブを描く髪が光ってきれいだった。

「土日、ここにいる準備をしてきてくれた？」

「う……うん。下着くらいしかいらないし、いるものがあったら取りに帰ればいいし」

土日は父と一緒に本腰を入れて家の片付けをするつもりでいたのだが、室内もそうだが、庭も、瓦礫は業者が持ち去ってくれたし、取り分けて自力で修理が必要なものは何もない。片付けも掃除も業者任せで他にすることもなかった。だから矩文が泊まりにおいでと言ってくれたのに甘えてしまった。

改めて話をする気でいた。つらい気持ちと向き合うことになるが、チャンスと言えばチャンスだ。そう思って部屋に来たものの、本当に矩文は迷惑ではなかったのだろうか。

「矩さんこそ、俺が部屋にいても邪魔じゃない？　何日も俺がここにいたら、会社のひととか遊びに来られないいんじゃない？」

「来ないよ」

茶葉を金のドザールで計りながら、さらりと矩文は言う。

「女の子とか、来たがるだろ？」

「お世辞とか興味範囲程度には、問い合わせを受けるけど」

――千堂くん、どんなお部屋に住んでるのー？

――遊びに行ってみたーい！

聞いたこともない女子社員のこびた声が聞こえてきそうだ。

「それマジだと思うよ？」

矩文がお世辞と興味だと思っていたらたぶん大間違いだ。肉食系女子のアプローチをちっとも本気にしないのでは、彼女たちものすごい肩すかしだろう。だが、矩文の答えはすげない。

「本気なら、俺も本気でお断りするね。あまり他人を部屋に招くのが好きじゃなくて」

なるほど彼女たちがどういうつもりで言っていようが矩文には関係ないのか、と、ホッとしかけて実晴は慌てた。

「お、俺は？」

矩文が人を招くのが苦手などという話は聞いたことがない。今回も矩文から誘ってくれたし、邪魔ではないと言ってくれたけれど、もしかして矩文は我慢してくれているということだろうか。

矩文は、用意していたカップからふと目を上げて、実晴の目を見て微笑んだ。

「実晴は特別」

わーい。やったー。

「……じゃないって」

素直な感想に自分でツッコミながら、実晴はソファを立ち上がった。

オープンキッチンのカウンター越しに、矩文の正面まで歩いてゆく。

「矩さん」

色々潮時だと実晴は思った。

矩文も思い直す時間はあっただろうし、実晴の中でもだいぶん整理できた。落としどころにちゃんと落として、元の位置に一番近い場所に戻るのが正解だ。

穏やかな表情で実晴を見つめてくる矩文をしっかりと見ながら、実晴は落ち着いた、はっきりとした声で切り出した。

「俺を好きなのは取り消して。元の矩さんに戻って。でも嘘はつかないで」

矩文が何を勘違いしているのかわからないが、誰が考えたって間違いだ。だが取り消せば済む話だ。間違いだと言ってくればそれでよかった。これまでの矩文が何かの嘘をついていたとしたらそれも悲しい。だがニュースではない番組を観ることとくらい許容範囲だ。バラエティなのは意外すぎるが、悪いことではないのだ。だからもうこれ以上、嘘はつかないでほしい。

矩文は不思議そうな顔で、実晴の訴えを受け止めてくれた。そして穏やかに言う。

「取り消せない。でも気持ちは抑えて過ごすよ。元の俺に戻る、というのは実晴のほうが間違えてる。元々の俺はこうで、でも嘘はもうつかない。それでいい？」

矩文は、優しく見えても意外に頑固だ。しかしこれはだいぶん以前から知っていて、受験のときの彼のがんばりを見ていればわかることだった。尊敬していた。実晴もそんなふうになりたかった。今は少し困っているが。

実晴は眉根を寄せた。

「……嘘をつかれるよりマシ」

「よかった」

ホッとしたように矩文が笑う。少し苦笑いの交じったやわらかい表情だった。

「笑わないでよ」

「笑ってないよ。嬉しいだけ」

いつもの矩文とはやはり違うのに、こういう笑顔を見せられるとよけい好きになってしまうから、本当に困る。


王子様のように暮らす——これまで実晴《みはる》が思い描いていたように、常に格好よくスタイリッシュに暮らしてほしいという要求がいかに大変か、実晴にもわかる。二十四時間爽《さわ》やかに、清潔に、規則正しく、それを苦痛にせず、優雅に乱れることなく過ごせという要求だ。難しいのはわかるが矩文《のりふみ》ならできると思っていたし、実際そうやって過ごしている矩文をさらに尊敬した。

土曜日に続いて日曜の朝も早朝から目を覚ました実晴は、呆然《ぼうぜん》とソファに座っていた。

「おはよう実晴。よく眠れた?」

ベッドルームから出てきた矩文は、掠《かす》れた声で言った。

この間と同じところに寝癖がついている。パジャマが少し皺《しわ》になっていて、いつもはっきり目を開けている矩文がそんなに眠たそうな顔をしているのを見るのも何年ぶりだろう。

裸足《はだし》でスリッパを履いて、のろのろと洗面所に入るところも見たくないし、昨日の夜は風呂上がりに首にタオルをかけたまま、缶ビールを飲む姿にも幻滅した。

どこが悪いのかと言われても答えられないくらい普通の姿だ。だが矩文がやると非常にショックだった。父だって同じことをするし、実晴にビールが飲めていたらたぶん同じことをしたと思うが矩文は駄目だ。

これまで一泊しに来たときは、こんな姿は見せなかったのに、三日目になるとどこか日常じみてくるのか、矩文の普通さが目について苦しかった。そう訴える理不尽さはわかっていて、実晴は見て見ぬふりをした。いわゆる楽屋裏だ。だがそんなものすら矩文には存在しないと思っていた。

頭を抱えそうになったとき、洗面所から小さなモーター音がする。それがなんの音か気づいて、実晴はソファの上で身体《からだ》を捻《ひね》った。ソファの背中にかじりつくと洗面所が見える。信じがたい気持ちで実晴は問いかけた。

「矩さん、髭《ひげ》なんか生えるの?」

シェーバーの音だ。矩文の声が返ってくる。

「生えるよ？　そんなに濃くないから、伸ばしてもかっこ悪そうだとは思うけど」

我慢できずに実晴はソファを立って洗面所を覗《のぞ》きにいった。さすがに短い時間で済むらしく、実晴が中を覗いたのと、矩文がスイッチを切ったのは同時だった。

「矩さん、そういう人だったっけ」

「髭は前から生えてるし、実晴に不誠実にした覚えはないよ」

矩文は鏡越しにちらりと実晴を見て、カランから顔を洗うための水を出す。

「そんな……」

ふかふかのタオルに顔を埋《うず》めて、言葉を失う実晴を片目の端っこでちらりと見る。

「実晴に格好いいところしか見せたくなくて頑張ってたのは確かだな。でももう隠しごとはしないっていう約束だしね」

「そういうところは隠してよ」

「マナー違反かな」

「そうじゃ……ないけど」

俺の矩さんはそんなことしない。

実晴は思わずポケットに入れているスマートフォンの写真を矩文に見せたくなった。矩文が引っ越してきたばかりの頃のスーツ姿の写真だ。新しくて、清潔でかっこよくて、この写真にどれほど励まされてきたかわからない。だがこれを見せたって、相手は本人だ。変わってしまったと言われたら、太刀打《たちう》ちできない。

昼は近くにあるオリジナルのハンバーガー屋に買い物に行った。手作りのハンバーガーで、ファストフードと言うとちょっと違う。オーダーから十五分待ちだ。お値段もそれなりで、定食屋よりやや高めだが野菜が多くてしっかり食事になりそうだ。イートインはカウンターの六席のみ。ひとつしか空いていなかったからテイクアウトにした。

テーブルの上で茶色い紙袋を漁る。矩文はホットコーヒー、実晴はカシスソーダだ。

「矩さんはオリジナルで、俺、チキンでいいんだよね？」

用意されたランチマットの上にハンバーガーの包みを出していると、矩文が別の袋を開く。

「うん。はい、実晴の分のポテト」

「ありがとう。ほんとに矩さんの奢《おご》りでいいの？　俺ももう給料を貰《もら》えるようになったんだけど」

学生の頃は何度も甘えさせてもらったが、今はもう働いているし、三日も矩文のところに泊まらせてもらっている。

「いいよ、だいぶん実晴を困らせてしまったし。ちゃんとした食事じゃなくて、申し訳ないけど」

「そんなことないよ」

それを言うなら、自分だって矩文に失礼なことをたくさん言ってしまった。ハンバーガーくらいでは実晴の気持ちは変わらないが、こんなふうに矩文がいつも通りの矩文でやさしいと胸が痛む。

「――……」

矩文は、ポテトを出した袋の中に落ちていた一本をつまんで、口に入れた。

「おいしい」

と言って笑うのにびっくりした。

「の……矩さんでもつまみ食いするの？」

矩文のくせに行儀が悪いと言いたいような、そうまで言うべきではないような気がして、苦情ではなくて、質問にとどまる。

「自宅ではわりとするよ？」

おしゃれな矩文の母と、学生の頃の矩文ならわかるような気がしたが、

「俺、矩さんがつまみ食いしてるところ、見たことがないんだけど」

目の前でやられるとぎくりとするくらい意外なことだった。

「実晴が真似《まね》するかもしれないだろ？　そしたら実晴のお母さんに怒られる」

「それは……」

その通りだと思う。何でも矩文の真似をしていた自分だ。

「ああ、ピーマン、抜いてもらうの忘れたな。実晴は大丈夫？」

ハンバーガーに刺さっていたプラスティックの赤いピックで、薄い輪切りのピーマンを引っ張り出す。

「矩さん、嫌いなの？」

「かなり我慢すれば食べられるけど、せっかくだからいい気分で食べたいよ」

「昔、パエリア、食べてたよね？」

矩文の誕生日に、大きな鉄板で作られたパエリアに、間違いなくピーマンが乗っていた。なぜこんなにはっきり実晴が覚えているかというと、当時実晴はピーマンが嫌いだったからだ。

——苦くないよ。一個だけがんばってみて、みはるちゃん。

そう言って残りを矩文が取り除いてくれたのを覚えている。夢だとは言わせない。

矩文はやはり、うっすらと笑うばかりだ。

「実晴が真似をするからね。母も実晴の前で俺がかっこをつけるのを知っていたから、ここぞとばかりに俺の嫌いなものを混ぜ込んでたんだ」

「ごめん……」

ずいぶん負担を強《し》いてきたのだなと思うと申し訳なくなった。矩文は少し笑った。

「もう実晴の前で、俺が好き嫌いをしても、実晴は俺の真似なんてしないだろう？」

「……そう、だけど……」

子どもっぽくピーマンを残す矩文は減点1。頭のどこかでそう呟《つぶや》くだけだ。

先にハンバーガーを食べ終わった矩文は、コーヒーを淹《い》れに席を立った。キッチンから声がする。

「実晴、プリン、いる？」

「プリンなんて買ったっけ？」

「買い置き。常備品だよ」

「矩さんが⁉」

さすがに他人の家の冷蔵庫を覗くようなことはしたことがないから、矩文の家の冷蔵庫事情がどうだったかは知らないが、それにしたって矩文とプリン？

「いらない」

「そう」

実晴が応《こた》えると、すぐに矩文はコーヒーカップを片手に帰ってきた。もう片方の手に持っているのはプリンの容器で——しかも昔からあるメーカー品の安いプリンだ。

「……プディング」

と呼ばれるものしか食べないと思っていたのも実晴の幻想だったのだろうか。矩文はプラスティックのカップを見た。

「これはプディングって感じじゃないと思うな。パッケージにもプリンって書いてあるし」

銀の捲《めく》るタイプの蓋《ふた》の、裏の突起を折って逆さにするとぷるんと出てくるあれだ。プリンの形はしているが、プリンとは別物のプリンとしか言いようがない。

「矩さん、プリンとか食べてたっけ」

幼い頃はもう覚えていない。だが大きくなってから、こんなものは矩文の側で見たことがないはずだ。

「ずっと好きだよ。実晴の前では……そういえば食べたことがない気がするな」

記憶にはないが、何らかの一線を判断基準にして答えを出せるというような口ぶりだ。

「……矩さんの嘘《うそ》つき」

何となく騙《だま》された気がして、実晴が呟くと、やはり矩文は薄い笑顔で応えるだけだった。

「嘘はついていないよ。好きだと言ったことはないかもしれないけど」

ポテトをつまみ食いして、プリンを食べる王子様は合格か不合格か。

わからなくなって困るのは実晴ばかりだ。


実晴には、ゲストルームが与えられていた。

六畳のシンプルな部屋で、ソファベッドと小さなアンティークの机、サボテンの形をしたコートかけ、姿見が邪魔にならないように配置されている。簡素な居心地のよさが、いかにも来客用という感じだ。

昼食のあと、実晴は新聞を読んでいた矩文の側から離れて、ゲストルームに戻ってきていた。すっかり居慣れてしまったソファベッドの上で、胡座《あぐら》を組んで頭を抱える。

知らない矩文ばかりで混乱する。

騙されていたのか、それとも知らなかっただけなのか。

完璧《かんぺき》に笑う矩文に憧《あこが》れていた。あんな悪びれもせず、少し楽しそうに笑う矩文も、……確かに好きだが、違う人みたいだ。

新しい矩文を好きになるかどうか、実晴の中で判断が付かない。少なくとも嫌いにならない。そんなに簡単には嫌いになれない。だってずっと好きだったのだ。幼稚園の頃から、ずっと。

——実晴が好きだ。

矩文の囁《ささや》きが耳に蘇《よみがえ》って、実晴はベッドに倒れて両手で顔を覆《おお》った。

俺だって好きだよ、矩さん。だから俺の好きな矩さんのままでいて——。

「……」

嘆くように祈りながら、実晴ははっと我に返った。

そうだ。要求はそれだけだ。

新しい矩文など、見たくない。

嘘をつくなと言ったけれど、やはり全部隠してくれないかと、相談してみよう。今までできたのだから、できないはずがない。ついでに、色々訂正してもらえれば元通りだ。

嘘、という単語が胸に引っかかる。実晴の前でプリンを食べないことは嘘になるのだろうか？　でももう知りたくないのだ。ポテトをつまんで笑う矩文は確かに、胸が痛くなるくらい、整っていて美味《おい》しそうだったけれど。

「だあ」

言葉にならない変な声が漏れた。

「俺はこういうの無理」

矩文の曖昧《あいまい》な変化を広い心で受け止めるとか、無理だ。何が正しい矩文なのか、嘘なのか、はっきり聞いてみないとこのままでは辛い。

俺を好きってどういうこと。ほんとの矩さんってどういう人？

思い切って聞いてみようと思っていた。

「のり……」

リビングを覗いて、実晴はぎょっと立ち止まった。

ソファから素足が飛び出している。

「矩さん……!?」

何事なのかと思って身を乗り出すと、矩文が書類を腹に載せたままソファで眠っていた。向こうがわの肘《ひじ》掛けをまくらに、背が高いから足先が反対側の肘掛けからはみ出ている。

びっくりした。

「矩さん……」

矩文の昼寝もやはり、初めて見る姿だ。

スーツを着て、仕事をしている姿から想像がつかないくらい、のんびりしている。休日だからこれでいいんだろうが、それにしたって落差がありすぎだ。

「……」

起きてもらおうかどうしようかと思いながら、実晴はソファの側まで静かに歩み寄った。

相変わらず顔は矩文のままで、ラフなシャツ姿だから、余計投げ出した手脚が長く見える。

こんな無邪気な顔で眠るのか。

そういえば、矩文の寝顔を見た記憶がない。

実晴は、尻《しり》ポケットからそっとスマートフォンを取り出した。画面に触れてカメラのアプリを起動する。

矩文がかっこ悪いことを説教して、思い直してもらおうと思ったのに、こんな惚《ほ》れ直すようなことをするなんて、本当にこの人はズルいと思う。

昼間、相談し損ねたことを何と切りだそうか。ダイニングテーブルに向かい合って座りながら、実晴は考え込んだ。

昼寝姿に出鼻をくじかれてしまったが、お陰でだいぶん落ち着いた。

実晴の母が用意してくれた二人分の夕食を食べ、ゆっくりしたあとにコーヒーを淹れる。このままリビングに移動しようと言われる前に、何とか切り出さなければならない。

「それでね」

考えていたところに、矩文がぽつりと呟くから実晴は顔を上げた。

「うん？」

「俺が実晴を好きだと言った件」

ぐ。ゴホッ。ごほごほっ！　と実晴は咳《せ》き込んだ。ミルクをたっぷり入れたコーヒーを零《こぼ》さないように、カップから手を離しながら続けて咳《せき》をする。それを見ながら矩文は真面目《まじめ》な顔で続けた。

「俺の気持ちを打ち明けても、こうして実晴がうちにきて、口を利いてくれるだけで奇跡だと思ってる。実晴は受け入れてはくれないと思っているし、今も、家があんなふうになったから、それと、今までの俺の実績を評価して、信じてくれてるだけだとも思ってる」

「評価なんて」

そんな、他人がくれる成績表みたいなことを。

けほけほ、と咳をしながら戸惑っていると、矩文は目を細めた。

「結果もわかってるし、実晴の優しさにつけいるようなことをしてるのもわかってるけど、実晴の口から返事が欲しい」

「返事って、何の……」

心当たりはひとつしかないが、告白自体を実晴は取り消したいと思っているのだ。知らんふりを貫くしかない。矩文はそんなことまで察したかのように、淡々と要求を続ける。

「《わかったから諦《あきら》めろ》。そしてできたら《これからも仲よくしてやる》と付け足してくれたら、一生恩に着る」

「矩さん」

「実晴がこの部屋にいる間を、気持ちを整理する時間だと思って、ただの遠縁に戻ろうとがんばってみたけど、やっぱり無理みたいなんだ。もうむしろ、一度はっきり振られておきたい」

頼むように言う矩文に、実晴はただただ困惑する。

「俺が矩さんを、嫌いになるわけないだろ？」

だから困っているのだ。理想と違う。でも嫌いになれないから元に戻ってほしいと必死になっている。だが実晴の気持ちを矩文は否定する。

「そんなわけない。実晴は俺を嫌いになるよ」

「俺を疑うの？」

矩文は自分がどれほど矩文を好きか知らないのだ。自分の一生の中でいったいどれくらいの時間を矩文に費やしてきたかわかっていたら、間違ってもそんなことは言えない。

実晴の問いにも、矩文は冷静だ。

「キスしても？」

「え……？」

「セックスしたい、って言っても？」

俺と？　という言葉が込みあげたが、それを押し退《の》ける疑問がある。

「で……できるの？」

キスはさておき、セックスなどできるものだろうか。

「できるよ」

矩さんは何でも知ってるんだね——と、言えたらよかった。

実晴は、ふう、とため息をついた。猥談《わいだん》系になるしかないセックスの話は置いておいて、話を本題に戻さなければならない。

実晴が矩文を好きかどうかということだ。何があったって、実晴は矩文を嫌いにならないということだ。

実晴はテーブルを睨《にら》んで、肩に力を込めた。

「矩さんのこと、大好き」

「ありがとう。でもそれが親愛で、恋愛じゃないなら大嫌いって言われるより、残酷だ。どっち？」

「わからないよ」

「わからない？」

矩文を思いやっての言葉でも、逃げの言葉でもない。本当にわからない。

「小さい頃から、矩さんが大好きで、矩さんを尊敬してて、朝から晩まで矩さんのこと考えて、毎朝矩さんを見たくて、窓から見送ってた」

「生活の習慣上、毎朝あの時間に部屋にいるんじゃなかったの？」

ようやく驚いたような顔をした矩文に、もう正直に話すことにした。

「わりと無理して」

「実晴……それは……」

「でもそれが好きかどうかはわからない」

矩文の都合がいいほうに流されてたまるかと、実晴は先に釘《くぎ》を刺した。矩文は相変わらず静かに実晴の言いたいことを待つ方向だ。

「どうして？」

「俺の夢は、矩さんがお嫁さんをもらって、透明人間になることだったから」

「透明人間？」

矩文が怪訝《けげん》な顔をする。さすがにこれは、いくら矩文が察しがよくて賢くても無理だと思う。長い長い時間の憧れと、矩文に邪魔者にされたくないという自制による圧縮。自分の長年の片想いと憧れには、とんでもない圧力が働いている。矩文の素晴らしい人生から、自分を穏便に追い出す苦肉の策の産物が透明人間だ。

「俺は矩さんがかっこいい一生を見ていたいんだ。でも、俺はずっと側にいたかったから、透明人間になって眺めていたかった」

矩文が微《かす》かに眉《まゆ》を顰《ひそ》めた。

「実晴、ＳＦ映画、好きだったかな」

「ううん。本気」

自分でも理解されにくいことを喋《しゃべ》っているなと思うが、実晴の気持ちに一番近い説明だ。

矩文はコーヒーが少し残ったカップを引き寄せる。

「実晴が一番じゃなくても？　俺が他の人を好きになっても？」

「うん」

そんなこと、王女に生まれなかった時点でとっくに諦めている。王宮関係者というより村人Ａのほうが板に付いていると自覚をした頃にはすでに、考えられもしないことになっていた。

矩文はまだ納得がいかないような沈んだ顔だ。

「俺のことが好きで、透明人間になったって側にいたいと思ってくれるのは、恋とは違うんだろうか」

「違うよ。矩さんにわかんないくらい大事な気持ちなんだから、触らないでって言っただろ?」

考えただけで胸が痛い。誰にも汚されたくない。ずっと大切に磨き続けてきた気持ちが《恋》なんて、簡単な単語で片付くわけがない。

「じゃあ……どうして実晴が、俺の隣にいる人になっちゃ駄目なのか、教えてくれるか」

「それは」

少しためらって打ち明けた。本当に本気でそう思っていても、自分の劣等感を人に見せるのは恥ずかしい。

「俺が、矩さんにふさわしくない人間だから」

本心だが、口に出すと、やはりぐさりと胸に刺さる現実だ。

「俺だって、ほんとは矩さんの隣にいたいし、一生ずっと一緒にいたいけど男だし」

「俺が全部をかけて、それをクリアすると約束しても?」

「そこは……あんまり、問題じゃないっていうか、……考えたことがなかったから」

とりあえず男だから検討にも及ばないというのもあるが、本当の理由は自分が男とか女とかよりもっと重要だ。自分は王子様じゃない。ましてやお姫様でもない。

「じゃあ、何で」

「ふさわしくないから」

実晴の夢を叶《かな》えるためには、矩文の相手が実晴では駄目なのだ。

「矩さんの隣は、お金持ちの美人で、仕事ができるOLで、寿退社して、赤ちゃん産んで、専業主婦になって、都心のマンションに引っ越して……」

「今どきそういうことは、女性にも気軽に要求できないよ」

矩文はがっかりしたように言った。矩文が言うとおり、ハードルが高い要求だ。だが矩文ならできる、そしてそれを叶えてくれるような奥さんでなければ矩文と結婚してほしくない。そんな輝かしい未来があるから実晴は我慢できるのだ。理想が高くなるほど自己嫌悪もひどくなる。

「中途半端な俺が嫌い。矩さんの隣に俺みたいなのがいるのは、俺が許さない」

「仕事のことなら、まだ入社すぐだからだよ」

「そうじゃない」

ここ最近のもやもやの糸が、どんどん糸を伸ばして絡まってきて、いろんな物に繋《つな》がってゆく。あっちこっちで起こる不快な出来事はすべて繋がっていた。

「和菓子屋に入ったことを後悔してるんだ」

話していると、胸の奥から自己嫌悪が引きずり出されてくる。

「流されて、和菓子屋に就職しちゃったけど、和菓子屋のことなんてほんとに何にもわからないし、一人前になれるかどうかもわからない」

矩文は少し考えて、労《いたわ》るような優しい声で尋ねた。

「実晴はどうしてそこに入社したんだろう?」

答えは簡単だ。

「一番楽に入れそうだったから、何となく」

内定が決まっていた会社がなくなって焦っていた。だがそれ以上に就職できない自分に焦っていた。これ以上就職活動なんてしたくない。春になっても就職できていなかったら恥ずかしい。展望も志望もなく、差し伸べられた安易な手に縋《すが》った。

「こういうところも俺が嫌いなんだ。矩さんだったら絶対こんなことをしないだろう?」

実晴の問いに、初めて矩文は応えなかった。

理想に届かず、落っこちた先でやる気もなく不誠実な気持ちで働いている。こんな自分が矩文にふさわしいと思えるはずなどないのが、今度こそ矩文に伝わっただろうか。

じっと俯《うつむ》いていると、しばらくしてから矩文が言った。

「実晴。人がなりたいものになるためには、いつだって、どこからだって遅くない」

「そんなのきれいごとだよ」

この状態からいくら頑張ったって、矩文と同じ会社に入れるわけがないし、有名企業の会社員になるのも無理だ。もし何らかの幸運に恵まれてそんなところに就職できたとしても、そこで自分がやっていけるかと言われれば自信がない。

「そうじゃない。自分の舵《かじ》はいつだって切れる。今は何も見えなくたって、航路を曲げずに真《ま》っ直《す》ぐに行く覚悟があれば、いつか陸が見えるかもしれない。でも今、実晴が漂っているだけなら、少し考える必要があると思うよ。いつだって相談に乗る」

波に揺られて漂っているだけ。矩文の言葉が実晴の今の状態によく似合っていた。大きな海のまん中で、どこへ向かう意思もなく、ただ翻弄《ほんろう》されて慌てているだけだ。

「……うん」

ようやく素直に実晴は頷《うなず》いた。さすが矩文だなと少し落ち着く気分だった。


夜中までグダグダと矩文に相談に乗ってもらい、思っていたことを取り留めなく全部喋った。今まで散漫だった悩みも、一生懸命伝えようとすると、考えがまとまる。ときおり一言、実晴が決めきれない感情を矩文が言葉にしてくれるのに、「あ、そうそう」と頷く回数も多かった。

眠る前になって実晴が出した結論は、内定の会社が潰《つぶ》れたとき、もっと落ち着いてじっくりと次の会社を選べばよかったということだ。しかし今となってはたらればの話で、実際のところ、この先も少しも双花堂《そうかどう》の仕事にやり甲斐《がい》を見いだせなければ、頃合いを見計らって再度就職活動をするべきだ。

そのタイミングをどこにするか、本当に双花堂を辞めるかはまだ判断がつかない。

――今日決めなきゃならないことじゃないよ。

矩文に優しく宥《なだ》められ、とりあえずその晩は保留となった。

嫌いじゃないいんだよな。

実晴は手元の布巾と餡子《あんこ》に集中しながら、頭の隅で思う。

双花堂の仕事にやり甲斐はまだ見つけられない。でも嫌いでもないから困る。会社に就職した他の同級生のように、六月なのに営業回りや事務仕事に嫌気がさして愚痴を零したり胃を傷めたりはしていない。目の前の仕事ひとつひとつ、お菓子の一個一個、できあがってゆくのを見るのは悪い気分ではない。でもこれがやり甲斐かと訊《き》かれると自信がない。

「そうそう、皮に穴を開けないように、この皮で、栗餡を包む、と。そう。そういう感じ」

坂本《さかもと》が肩をくっつけるようにして、実晴の手元を覗いている。布巾の上に伸ばした皮に、餡子を包んで伸ばしながら包む作業だ。伸ばしすぎたら破れるし、伸ばしたりないと餡子がはみ出る。均一でなければ斑《まだら》になって見た目が悪い。絶妙な加減をマンツーマンで教えてくれる。いかにも職人の修業という感じだ。

「だいぶ上手《うま》くなったじゃないか」

「あっ」

褒められたとたん、皮が急に薄くなり、靴下のような穴が開いてしまった。急いで伸ばす力を緩めようとすると坂本が言う。

「もうそれは駄目だ。一度破れると、皮がくっつかないから」

「いや、このくらいならなんとか……」

「そういう素材の皮だから。伸びるけど、裂けたらアウト」

さばさばと坂本が断罪した。ここの人たちは基本、失敗に寛容だ。いい加減にしたり、作業の決まりを守らないときは小さなことでものすごく怒られるが、技術的な失敗について叱《しか》られることはない。

「はい……」

餡子の固まりが並んだバットのラップフィルムを外しながら、坂本が次を急《せ》かす。

「気にすんな。この材料は実晴用だから。その代わりちゃんと持って帰って、自分とご家族で食うように」

「はい」

見た目はめちゃくちゃだが、味は製品と同じだ。失敗作もちゃんと焼き上げをしてもらって、おやつにしたり実晴が家に持って帰ることになっていた。初めのうちは商品とはほど遠いものしかできないので、試採用期間中の給与の少なさは、材料代だと思えばおつりが来る。

茶色い栗餡を包んだ薄黄色のまんじゅうが無残に破れている。破れていないところも皮の厚さがてんでバラバラで、ぼこっと白いところとか伸びすぎて中の餡子が透けて見えているところがあって普通のまんじゅうにはほど遠い。均等に伸ばした皮で餡を包む。店では当然のようにショーケースに並んでいる単調な仕事がこんなにも難しい。

何ヶ月頑張ればできるようになるのだろうか、と考え、手のひらの上にある破れたまんじゅうの出来映えに落ち込む。

黄色と茶色の斑な上に、妙な方向に引っ張られて縞《しま》模様になっている。

「……虎《とら》みたい」

あまりの酷《ひど》さにため息をつく。お手本として置かれたまんじゅうと、同じ材料でできているとは思えないくらいの不格好だ。

「ホントだ」

覗き込んで坂本が笑った。

「見た感じ、まんじゅうというよりプリン味に見えますね」

自虐を越してもうぐだぐだだ。お手本は品がいい楕円なのに、実晴が作ったのは握りしめすぎてほとんど丸だ。色味も茶色と黄色で和菓子というより、矩文が食べていた安物のプリン味に見える。

ははは、と短く笑った坂本は作業台の上から茶色い小さな瓶を引き寄せた。

「プリン味にしてやろうか」

「そんなことができるんですか？」

残りの餡子が入ったボウルを引き寄せながら坂本が答える。

「元々半分卵味だから、餡子にバニラエッセンスと、カラメル……おっと、プリンの残りがあるぞ？」

蒸しまんじゅうを作る日に合わせて、双花堂ではプリンを作る。まんじゅうと同じせいろのはしっこに載せるのだ。品数を増やすための、おまけのようなものだ。

「混ぜるんですか？」

冷蔵庫の前に行って帰ってきた坂本に目をしばたたかせながら聞くと、坂本は消毒された籠《かご》の中から作業用の匙《さじ》を取り出す。

「いいや。餡子に混ぜると硬さの具合が変わる。まんじゅうの握り具合が変わったら練習にならないだろう？　そうだな、餡子に穴を開けて、そこにカラメルを入れて、餡子で閉じる。その上から皮で包む。これならいいだろ。おとうさんには内緒だぞ？」

「はい……」

包む練習になればいいし、材料は廃棄するしかない余り物だから何も悪いことはないのだが、おとうさんは職人気質、頑固一徹、真面目な人だ。見つかったら不機嫌になるに違いない。

俺はこっちのほうが好きかも。

実晴は坂本の真似をしながら、丸めた餡子に指で穴を開けつつ考えた。餡子よりプリン味のほうが馴染《なじ》みがある。矩文にはああ言ったけれど、スーパーでもコンビニでも売っている安いプリンは大好きだ。

プリン味のクッキーやチョコレートだってあるのだから、プリン味のまんじゅうがあってもいいと思う。カラメルを入れた餡子を、バニラエッセンスの香りがついた卵色の皮で包む。今度は破らずに包めたが、まんじゅうの出来映えはやはり虎のような黄色と茶色の斑色だ。

「ほらこれ」

創作意欲が湧いてきたような坂本が、味付け前の小豆《あずき》を二粒つまんで渡してくれる。

「……目……」

まんじゅうに二粒押し込むと、黒いつぶらな目ができた。

「そしてコイツだ。待ってろ」

といって坂本は、まんじゅうに押す、カモメの形をした焼きごてをバーナーで炙《あぶ》ってくれた。

「ついでにコテの練習だ。押してみろ」

と言われてこての先端を、逆さにまんじゅうに押しつけてみた。しゅっと白い煙が上がる。逆さまのカモメが虎の口だ。

不格好だが、何というかプリン味の虎だ。あのまんじゅうからまったく別物のようなお菓子ができるんだな、と思うと、創作の可能性を喜べばいいのか、腕の差に落ち込めばいいのかよくわからない。

虎プリンまんじゅうをしげしげと眺めていた坂本がぽつんと言った。

「……なあ、実晴。お前、美術の点は？」

「10点満点中、３」

辛うじてセーフという点数だ。元々スケッチは苦手で、デザインのほうが好きだった。風景画と写生が1。デザインは配色を評価されて5。構図でマイナス1。

坂本は、ふうん、と音つきの鼻息を漏らしてまんじゅうを眺めている。

「いいな。俺もおとうさんの許しをもらったら、その虎まんじゅう、娘に作って持って帰ってやるかな」

と言って、坂本は、カレンダーを眺めて次にプリンを作る日を探している。坂本には三歳になったばかりの娘がいるそうだ。坂本が言うには、娘さんはうちのまんじゅうが大好きらしい。

小さい頃から餡子を食べていたから味覚が違うのだろうか。

感心するような羨《うらや》ましいような気持ちになりながら、実晴は虎プリンまんじゅうを眺めた。すっかり虎に見えるがこれは悪い出来だ。いくらプリンが好きと言ったって矩文にも見せられそうにない。

でも女の子は喜びそうだな、と思った。出来はともかく、虎っぽいし、プリン味だし。

香絵《かえ》に持っていってやることにした。

香絵の休憩時間を尋ねると、三十分後だと言うから少し待ってコンビニに届けに行った。香絵は紙袋を覗くなり声を上げた。

「ぎゃー。何これ。ぶさカワ！　ちょっと、やばい、センスいい！　これ実晴が作ったの？」

「あ、うん」

明るい声だが、賞賛ではないようだ。香絵は笑い出した。

「ヤバイ、リアルヘタクソの本気を見たよ。少しでも絵心があるとこういうの作れないから。嫉妬《しっと》するわ、これ！」

「それ褒めてるの？」

「褒めてる！」

と言ってポケットからスマートフォンを取り出す。何をしようとしているかにすぐに気づいて、実晴は手を伸ばした。

「ちょ、写真やめて」

スマートフォンを払おうとしたが、くるりと背中を向けられて届かない。

「だめだめ！　SNSで流す！　和菓子職人の卵の試作品やばい！」

ぴろりん。

「わあ！」

送信の音がするのに実晴は悲鳴を上げた。不格好極まりないお菓子だ。香絵はぜんぜん悪びれない。

「いいじゃん修業中だし、お菓子は見た目じゃないんだし」

「お前、高校のヤツラと繋がってんだろ？」

「いいじゃん。実晴ががんばってるって証拠にさ」

明るく言われて、反論の言葉が喉までせり上がったが出せなかった。がんばれていない。みんなに知らせて誇れるような自分ではない。

香絵は、実晴の説明を何も聞かずに虎プリンまんじゅうを手に取った。「いっただっきまーす」と言っておもむろに噛《か》みつく。止める間もナシだ。

ふかふかした虎の頭にかぶりつき、もぐもぐしながら香絵は実晴に目を向けた。

「えっ。なにこれ。プリン味？」

「あ……うん」

正確にはプリン風味の栗餡とバニラ風味の卵味の皮と言うところだ。

香絵は唇に白い粉が付くくらい大きく二口目にかぶりついた。「おいしい。何このクリーム。モンブラン？」

「栗と餡子」

「プリンっぽいよ?」

「バニラを混ぜて、プリン味の餡子にしてあるんだ」

「へー!」

たぶんこういう反応を見たら奥さんは喜ぶんだろうな、と思うような香絵の感心具合だ。

香絵は、片手にまんじゅうを持ったまま、まじまじと実晴を見た。

「がんばれ、実晴」

「どうしたの、急に」

「このお菓子、おいしいよ」

「そりゃ、中味はうまい職人さんが作ってるから当たり前だ。それに、味はアレンジしてあるんだよ。形も俺が包んだらそんな変な格好になってるだけで」

「ふうん。でもこういうのでいいと思う。見かけより、味が大事」

「そうかな」

「うん。中味って大事だと思う。うちが《外だけ》っていう業界だから、よけい中味に憧れるのかもしれないけど」

しみじみと香絵が言うのに、以前香絵に相談したかったことを思い出した。

見かけと中味。これまで信じてきたことと現実。清潔な虚構と生々しさの落差。

「でもさ、もしも、外側と中味が違ってたらどう思う?　ものすごくきれいな見かけで、ものっすごく期待して食べたら、想像と違う味だった、っていう」

「違う程度ならいいんじゃないの？」

「でも外側がすごくきれいで、憧れてたのに、今さら想像と違う中味を見せられたって困るだろう？」

まんじゅうとは逆のパターンだ。きれいな見かけのまんじゅうを出されて、割ってみたら想像と違う味だったときのことだ。そのギャップを、香絵ならどうやって埋めるんだろう。

じっと答えを待つ実晴を、香絵は戸惑ったような目で見たあと、気の毒そうな顔をして、実晴とまんじゅうを見比べた。

「そういう喩《たと》えに到達するのはかなり遠いから心配しなくていいよ、実晴」

「いや、虎まんじゅうじゃなくて」

香絵は素直で優しいが、繊細とほど遠いときがある。どう説明しようかと実晴が考えていると、香絵は食べかけのまんじゅうを口に詰め込んだ。

「食って旨いかどうかじゃん？」

「そう……だけど」

そして結果主義なのも忘れていた。目の前にあることがすべて。香絵は自分よりもよほど男前だ。

香絵はもぐもぐと口を動かしたあと、真面目な顔で彼女なりの結論をコメントした。

「でも売る気があるなら、もう少しなんとかしたほうがいいと思う」

「だから試作品だって」

こういう問題を香絵に相談したのは間違いだったかもしれない。


がんばろうと決めたって、具体的にどうすればいいのかわからないままだ。一度迷うとすべてが曖昧になってくる。

矩文のことだって、あんなに嫌で説得しようと思っていたのに、無防備すぎる寝顔を見てしまって以来、説得が緩くなっていると思うし、仕事もがんばる気持ちはあるがぜんぜん上達しないし、双花堂で働き続けるかどうか未《いま》だ迷ってもいる。

今日だって、実晴は家に帰ることができたのに何となく矩文の部屋に来てしまった。説得のためと思っているが、それが言い訳なのももうわかっている。

今日は矩文と食事をすることになっていた。家でサラダと付け合わせを作ってもらって、矩文が帰る時間に合わせて肉を焼く。母が味付けをしてくれた鶏肉をグリルで焼く。テクニックも何もいらないので、オーブンに入れて待つだけだ。

「お帰りなさい、矩さん」

「ただいま、実晴。いいにおいがする」

何となく新婚さんの玄関風景のようになってしまって、気まずくなって実晴はキッチンに急いで戻る。ちょうど鶏肉が焼き上がったところだ。すぐに配膳をした。

「すごいな。実晴が作ったの？」

「オーブンに入れてタイマーをセットするのが作ったって言うのなら作った」

自慢できることではないが、オーブンの扱いは慣れたものだ。

「じゃあ、作ったってことで」

楽しい食事。子どもの頃と変わらない無邪気な話。矩文が出張で訪れた街で起こった楽しい話。

こうしていると、矩文が自分を好きだと言い出す前に戻ったようで、起こったこととか、戸惑いや焦りまでが薄れて消えてしまいそうだ。

いつも通り喋って、いつも通り、矩文がテーブルを片付けてくれるのを手伝う。久しぶりに気分が明るくなって、これまでよりもだいぶん喋った。

「矩さん、このお皿、重ねていい？」

「いいよ」

食器棚に使った皿を戻しながら鼻歌を歌ってしまいそうだ。

カトラリーのひきだしにナイフを戻していると、ケトルに水を注ぎながら矩文が言った。

「実晴は、会社でどういう仕事をしているの？」

「どういう仕事？」

「販売？　営業なんかもするのか？」

「ううん。今のところは工場専属」

企業勤めの矩文らしい質問に思わず笑ってしまいそうになった。そういえば、矩文に仕事の詳しい内容を話していない。この間悩みを打ち明けたときも、就職の是非《ぜひ》ばかりを話していて、今実晴がどんな仕事をしているか、話していなかった。

「商談はおとうさん――って呼ばれてる社長がして、そのまま契約してくるみたい。俺はまだ一人じゃ何もできないから、おとうさんや先輩がお菓子を作るのを手伝ったり下準備の作業をしたり、お菓子を作る練習をしたり」

「機械で作るんじゃないんだね」

「うん。手作り100％だよ。機械で作るような規模じゃないし、あれは機械じゃ無理だと思うから」

豆や小麦の具合でぜんぜん材料が違ってくる。豆の水分が多ければ水を控えるし、色の悪い小麦のときは卵の黄身を多めに入れる。

「職人技か。すごいな。この辺りでもそういうお店があるんだね」

「うん。地味なお店だけど、おとうさん、うまいと思うよ」

短い間だが、おとうさんのこだわりは見てきたつもりだ。それを陰で支える奥さんの厳しさとか、いい加減なようでいて、研究熱心で几帳面《きちょうめん》な坂本のこと、お客さんと世間話をしながら反応を注意深く見守っているパートさんたちのことも。

「今日は、まんじゅうの皮に餡子を詰める練習をさせてもらった。三回目なんだけどもうぜんぜん駄目で、破れたり、うまく包めても、どうしても虎模様になるんだ」

そういえば、ＳＮＳはどうなっているだろうと、心配になった。自分でも下手《へた》だなと思った虎だったし、写真になると余計に変な顔で写っていそうで怖い。

「個性的でいいんじゃないか？」

あの虎を見ていない矩文は呑気《のんき》にそんなことを言う。

「箱入りのまんじゅうひとつひとつに個性はいらないと思うけど、……あ、そうだ。それをヒントに、俺のアイディアがちょっと採用されるかもしれなくて」

翌日の話だ。出し抜けに坂本が言った。

――《海船《うみふね》》に、プリン味バージョン出したらどうでしょう。

海船というのは実晴が練習していたまんじゅうの商品名だ。海に映った月をイメージしたもの……だから実晴の練習品とはかけ離れた、上品な菓子だ。

――実晴がプリン味が好きだと言っていて、餡とバニラエッセンスって合うんじゃないかと。

坂本はちゃんと、実晴に華を持たせるようなことも言ってくれた。その日に試作品を作り、悪くないという判断が降りた。制作の工程も、海船の材料から取り分けて、途中でプリン味にすればいい。

「店頭にその虎っぽいまんじゅうをテストで置いてもらうことになったんだ。形は虎じゃないけど」

うまく行けば海船の姉妹品として発売しようという話で進んでいた。ラップフィルムも色分けをすればいいし、奥さんたちの口ぶりからすれば簡単にいきそうだ。

「すごいな。まだ入社してから半年にもならないのに」

「ぜんぜん。アイディアは俺だけど、作るのは先輩の職人さんなんだ。外は卵の求肥《ぎゅうひ》で、中は……」

矩文が好きなプリン味で。

そう言おうとしたとき、喉《のど》が違和感で詰まった。

矩文と似合わない安いプリン味だ。

「とにかく、それだけ。ぜんぜん進んでない」

「何の仕事だって、そんなに簡単に進むもんじゃない」

急に沈んだ実晴の声に気づいただろうに、矩文は問い質《ただ》さず励ましてくれた。だがホッとする前に矩文が付け足す。

「俺の恋愛感情より、実晴の仕事のほうが未来があるだろう?」

実晴を現実に引き戻す一言だ。

「そういうこと、言わないでよ」

せっかく忘れようとして、忘れられそうな気がしていたのに水の泡だ。

「悪い。自虐のつもりだったんだ」

矩文らしくないと思ったが、矩文がこんなに矩文らしくないのがかわいそうな気がした。

理由はきっとあるのだと思った。ずっと訊きたかったことだ。

「矩さんは、……ずっと男の人が好きなの？」

もし答えがYESでも、自分が矩文にふさわしい男性だとは思っていない。今でも矩文はお姫様と結婚すべきだと思っているが、どうしても譲れない事情で矩文が男性しか愛せないと言い出すのなら、実晴の妄想も路線変更をしなければならない。その場合相手が王子様なのか、ヒーローなのかはとっさに決められなかった。

矩文は軽く目を伏せて短い沈黙を挟んだ。

「男性でも女性でも、そそる身体というのはあるよね」

「あの……」

男がいいにしても、そういう矩文に似合わないことを言わないでほしいと思ったが、自分が訊いたのだ。でもたぶん友情とか信頼とかいう話をされると思っていて、いきなり身体のことに言及されるとは思っていなかった。

どう答えていいかわからず口をぱくぱくさせるだけの実晴の返事をしばらく待ってくれた

あと、矩文は普通の話をするように実晴に訊く。

「実晴は？　俺が好きってどういうこと？」

矩文に言ってしまった。日本語の「好き」にはたくさんの種類があって、内容を問われるのは当たり前だ。親愛、友情、恋愛、憧れ、ただ好ましいだけでも好きだと言う。しかし実晴はすぐに答えられる。これまで自分の中で、さんざん吟味してきた感情だ。結論は出ている。

「特別すぎて、わからないよ」

矩文には言えないが、矩文の写真をオカズにしたことがある。だが矩文に性的な興奮を覚えたというよりも、ありがちな身体の興奮が高まって、そこに矩文の写真があったからというか、とにかく矩文が好きすぎて、劣情か憧れかさえもう区別がつかない。唯一だということだ。他に意味を求められたって困る。

矩文は苦笑いをした。

「同じかもな。俺も相手が実晴じゃなかったら、別に男性じゃなくてもいいんだけど」

「だめだよ。矩さんは、ちゃんとしなくちゃ」

慌てて言った言葉の自分勝手さに、実晴は自分で驚いた。

気分を害したようではなく、だが寂《さび》しそうに自分を見ている矩文から、実晴は目を逸《そ》らす。

ここに来るまで色々迷った。このまま昔のような関係に戻れると思っていた。だがそれは間違いだ。実晴の努力でどうこうなるものではなく、矩文自身が元に戻ろうとしないのだ。

それどころかせっかくうやむやに元の雰囲気に戻りかけていたのを、きっかけがあるごとに一番ちぐはぐな場所まで引きずり戻すのは矩文だ。

「矩さん……あのね」

自分たちはすでに大きく離れてしまっていたのかもしれない。矩文は過去の自分を捨て、自分は矩文の抜け殻に縋《すが》りつこうとしているなら、いくら努力したって元に戻れない。

ここで矩文を非難したってどうにもならないことを感じてしまった。怒っても泣いても駄目だ。俺の二十年を返せと思っても、勝手に注ぎ込んだのは実晴だった。

「工事、一ヶ月以上、かかるみたいで、父さんがマットレス式の布団、買ってくれたから、家で寝られることになった」

今は静かに離れるしかないと、実晴は判断した。

何とかここを我慢して、自分の勘違いだったと一人で納得して布団の中で泣くしかない。

「いてくれてもいいけど、嫌かな」

こういう話のあとだ。気まずくて、ただでさえ何も考えずに逃げ出したくなる。

「嫌じゃないけど」

——いたたまれないのだ。

この言葉を出したら矩文を傷つけてしまいそうで、実晴は小さな声で矩文に言った。泣き出さないのが精一杯だった。

「帰るよ」

「そう」

引き止めてくれない矩文にも少し傷ついた。優しいが矩文の頑固さは知っている。ここまで実晴が苦しんでも、譲る気持ちはないと言外に言われているのがわかった。

「長い間、お邪魔しました。助かりました。ありがとう」

「いいえ、どういたしまして。何かあったらまた連絡して」

友人ならこのまま別れて、疎遠になって、それきりかもしれない。

遠縁で、幼なじみで、命の恩人だから、

「ありがとう。もう大丈夫」

こういう気まずい距離の取り方をするしかない。


母は御機嫌だ。

キッチンのテーブルでお茶を飲みながら、工事の設計図を眺めている。

「ほんとにいいのかしら、こんなによくしてもらって」

実晴の部屋の修理は当然として、ベッドもクロゼットもオーディオも、同じグレードの最新型が届くそうだ。部分的にしか壊れていない瓦《かわら》は全部葺《ふ》き替えになったし、実晴の部屋付近の外装の色に合わせて、家の壁を全部塗り替えてくれることになった。隣の部屋は端っこが壊れただけなのに、床を張りなおしてもらい、壊れた押し入れと布団を買ってもとんでもなく余るくらいの見舞金が振り込まれるという。

「見ず知らずの一般家庭に、前触れもなく大穴開けたんだから当然だと思う。相手が企業で保険もいっぱいかけてあるだろうから、ラッキーと言えばラッキーだけど」

相手が一個人だったら、ここまでの弁償は無理だろう。インフラの大企業で、信頼とイメージが大切だから保補対策は万全なはずだ。大きな損害保険に加入しているだろう。懐が痛むのでは企業ではなくて保険会社だ。

「そうね。ところで今日も泊まるかと思ったのに、帰ってきたのね」

「あ……うん。矩さんも会社で疲れてるから、迷惑かけちゃいけないと思って」

母にはあんなことがあったとは言えないし、無難な返答でやり過ごそうと思っていたら、母が失笑した。

「なに」

「いえね、実晴もようやく矩くん離れかな、と思って」

母の言葉にずきん、と胸が痛む。矩文から離れようとしているのかもしれない。矩文離れと言っても実晴自身がしっかり立てるようになったわけではないのに。

「そういう言い方やめてよ」

「だって」

と言って母は懐かしそうに笑う。

「何でもかんでも矩くん矩くんだった実晴が、矩文くんのお仕事を気遣えるようになるなんて、アンタ、親離れは早かったのにねえ」

「俺をいくつだと思ってるんだよ。もういい。寝るから。応接間に布団敷いていいんだよね？」

不機嫌にそう答えてキッチンを出ようとすると、「実晴」と呼び止められた。

「そうそう、矩くんへのお礼、どうしようか。こんなに何日も泊めてもらったんだから、ありがとうで済ませるわけにはいかないし。矩くん、お金は受け取ってくれそうにないでしょう？　品物を差し上げるにしたって、若い男の人が喜ぶものなんて思いつかないわ」

「俺だってわかんないよ。グルメカードとかにしといたら？」

母のセンスでは矩文の部屋に似合う品物を選べっこないから、母の配慮は正解だ。数日暮らしてみてわかったが、矩文の部屋には品物が過不足なく揃《そろ》えられている。サボらずきちんと生活することを前提に、皿もタオルもカトラリーも余らず不足することもない。そこに変な花瓶や置物で割り込める気はしなかった。矩文は普段、夜は外食らしい。グルメカードならどこかで使う機会はあるだろう。

「そうね。さすが実晴。矩文くんのことよくわかってるわね」

「別に」

と答えて、今度こそキッチンを出た。

この間までなら自慢に思っていただろう。でも今は矩文のことがぜんぜんわからない。

三日後、母が準備したグルメカードを届けに行った。

「ありがとう。こんな気遣いはいらなかったのに……。でもせっかくだからありがたく頂《ちょう》戴《だい》するよ。困ったことがあったらいつでも言ってくれ。本当にこんな遠慮なんてしないでくれ。実晴には普通の生活しかさせてやれてなかったんだから」

「ううん。助かりました」

やや他人行儀に言って、実晴は玄関口で靴も脱がずに頭を下げる。

「ありがとう、矩さん」

「上がってお茶でもどうぞ？」

「いや、夕食まだだから今日は帰る」

例の虎プリンまんじゅうを、和菓子の姉妹品として作るのではなくて、いっそ虎のように作ってみようということになった。みんなであぁでもないこうでもないと試作に夢中になっていたら、帰宅が遅れて本当に帰ったばかりだ。

「そう、がんばってるんだね。お疲れさま」

「矩さんもお疲れさま」

矩文もまだワイシャツ姿だった。

いた。

「またね」

と言って実晴はドアを出た。前回当たり障りのない帰りかたをしてよかったとホッとしていた。

午前中、虎プリンまんじゅうがひとつ売れたそうだ。

「案外、目新しいのに食いつかねえもんだなあ」

新しく届いた葛粉《くずこ》をチェックしながら坂本がぼやく。

新発売品として、とりあえず十個作って店頭に並べてみた。昨日の売り上げはゼロ。終業後に試食反省会となった。

午前中、パートさんが「虎プリンまんじゅう売れましたよ」とわざわざ知らせに来てくれたから喜んだのだが、お買い上げは一個きりだ。茶道教室の先生のお買い物で、一緒についてきた小さなお孫さんが、これがいいと言って買ってくれたらしい。

しょっちゅう新製品が出るわけではない双花堂では、新製品は目新しさに煽《あお》られて、通常の商品の二倍から、季節ものなら三倍以上の数が出る。虎プリンまんじゅうは珍しいと言えば聞こえがいいが、端正な品物が笹の葉の上に並ぶショーケースの中では異質だから、飛ぶように売れることは期待していなかったが、それにしても出足が鈍いにもほどがある。……

と、新製品発売を体験したことがない実晴に、坂本が教えてくれた。

こうなると実晴も責任の一端のようなものを感じてしまう。

「俺の原画をもとにしたのがいけなかったんじゃないでしょうか」

デザインを検討するにあたって、みんなで虎の絵を描くことになった。おとうさんは古風すぎ、奥さんは犬っぽく、パートさんはリアルすぎ、学生のパートさんは普通すぎ、坂本は何というか色々惜しい出来だった。一番下手くそだったのが実晴だったのだが、おとうさんは抽象的でいいと褒めてくれた。ぜんぜん抽象的にしたつもりはなかったが、そこに意見を出してくれたのは学生のパートさんだった。

――あんまりリアルだったり可愛《かわい》らしすぎたら、食べるのがかわいそうです。

そういう意味では実晴が描いた虎は、噛《か》みついてもなんの良心の呵責《かしゃく》も覚えなくて済むぐだぐだな虎だった。香絵も容赦なくかぶりついていた。

――そっすね、前衛芸術だと思えば……。

という意見をくれたのは坂本だ。前向きな意見だが酷すぎる。

従業員だからしかたなく虎の絵を描いたが、まさか自分のデザインが採用されるとは思わなくて、実晴は慌てたが、ここではおとうさんの決定が絶対だ。昨日、売り上げがゼロのときも奥さんが「実晴くんのせいじゃないよ」と慰めてくれたが、商品の見かけはやはり大切だと思う。

とりあえず半月はこのまま様子を見るという、おとうさんの決定だった。十五日間、作った虎プリンまんじゅうが全部売れ残ったら、どのくらいの損失になるのだろう――。

そんなことを考えながら、実晴が専用のハサミで、粉が入った紙袋の口をざくざく切り開けていたときだ。

「実晴くん？」

店のほうからパートさんが顔を出して、実晴を呼んだ。

「はい」

また虎プリンまんじゅうが売れたのだろうかと思ったが、パートさんは違うことを言った。

「実晴くんに、お客さんよ」

「ほら、行ってこい」

「あ……はい」

坂本に肘でつつかれて、作業着を脱ぎながら歩く。母なら母と言うだろう。友人たちは、実晴が和菓子屋で働いていることは知っているが、店の名前を知らせていない。

暖簾《のれん》をくぐると男の人が見えた。誰だろうと思う前に息を呑む。

「……矩さん」

スーツ姿で仕事の鞄を手に下げた矩文だ。

「ごめん、呼び出すつもりはなかったんだ。出張から直帰で、店の前を通ったから、買い物をしようと思って」

やっぱり不似合いだと思う。きれいなスーツと商店街のはしっこにある個人の和菓子屋。

「実晴が作ったお菓子、どれ？」

「まだそういう腕じゃないから。それに」

ショーケースを見渡す矩文に、実晴は言った。湧《わ》き上がるのはなぜか恥ずかしさと怒りだ。

「職場に来ないでよ」

志もなく、失敗ばかりで、未来も迷っている。自分でさえみっともないと思うのに、堂々と店のほうから呼び出されたらいたたまれない気持ちで泣きそうだ。

矩文は実晴を見て、顔を曇らせた。不快の表情を隠そうとしない実晴から、気持ちを読み取ったのだろう。遠縁の人が勤め先のお菓子を買いに来る。ぜんぜん何も悪いことはないのに、理不尽なことを言っているのは自分だと実晴もわかっているが、ここに矩文がいる全部が駄目なのだ。

矩文は残念そうな顔で静かに問いかけた。

「……そうか。急に尋ねて悪かった。オススメをひとつ、いただいて帰りたいんだけど」

「そういうのやめてよ。矩さんに和菓子、似合わないよ」

なぜこんなことを口走るのか、なぜすぐに訂正できないのか。おとうさんにも奥さんにも申し訳なかった。お客を追い返す資格など自分にはない。営業妨害だとすぐに思う、理性が自分を責めても何も言葉が出ない。

　矩文は黙り込む実晴を見て、穏やかに目を伏せた。

「がんばってるならそれでいい。じゃあまた」

　そう言い残して店を出てゆく。引き止める声も出なかった。自分はがんばっていない。がんばれていない。

　そう思ったとき、矩文がおかしくなってから——それよりもっと以前から抱《いだ》く胸のもやもやの正体に気がついた。

　大変なことを矩文に押しつけただけだった。理想と違う矩文が嫌なのではなく、本当は何にもがんばれていない自分が嫌だったのだ。

「……実晴くん……？」

　矩文を見送って、ショーウィンドウの前に立つ自分の背中から、おそるおそるパートさんが声をかけてくる。

「お買い物じゃなかったのかな」

「すみません。違います」

「そう？　グルメカード使えますか、って訊かれたんだけど……」

　実晴が渡したカードだ。思いついてきてくれたに違いなかった。実晴が作っているものがあれば、それを買って、なければ別の品物を買って帰る。自分は客を追い出してしまった。

最低だ。

「あの……俺、今日、黄金美人を一箱、買って帰りたいんですが」

「さっきのお客さんの分？　社販にしとく？　ずいぶん格好いい人だったね」

「あ……そうですね。えと、普通の値段でお願いします」

実晴が買えば二割引だが、本当は矩文が買うはずだったお菓子だ。店の売り上げは下げたくないし、これを矩文に持って行くつもりもない。母に渡すつもりだった。このところ実晴の失敗品が続いているので喜んでくれるかどうかはわからないが、それが一番いいだろう。

「わかりました。帰りでいい？　熨斗《のし》はどうしますか？」

「熨斗も袋もいらないです。帰りにお願いします」

「お買い上げありがとうございます」

パートさんは、にこりと笑って丁寧に頭を下げた。浮かない顔の実晴を心配してくれているようだ。

「奥に戻ります。お騒がせしました」

実晴も頭を下げた。目の端にひとつだけ減った虎プリンまんじゅうが映ったが、こんなもんだろうと思った。

作業に戻って、終業までがんばってみた。虎プリンまんじゅうの売り上げは三個。午後から奥さんが新発売のポスターを貼ってくれた。そのあといずれもお試しと言わんばかりに、普段の買い物の端に一個ずつお買い上げいただいた人が二人だ。

「デザインか……色かなあ……」

坂本は悩んでいる。おとうさんは今の見た目だと、黄色が弱すぎて虎に見えないのかもしれないと言って、再度配合の検討中だ。

試作品を三つ作った。いずれも今日、店に出したものより虎っぽく見えた。

片付けて、着替えをして外に出るともう星空だ。

今日は、朝の通勤時間に雨が降っていたから、実晴は電車で来ていた。

坂本が、手を上げてバイクで追い抜いてゆく。駅までは近い。

雨の気配をたっぷり含んだ夜だった。空には辛うじて星が見えているが、重たい空気は何かを押しわけて歩いているようだ。

この次、矩さんと会うとき、どんな顔をすればいいんだろう。

今日の態度は、我《わ》が儘《まま》で済ませられるものではなかった。それでも怒らずにいてくれた矩文に、自分はどうするべきなのだろう。

謝るか、でも矩文の変化のすべてを認められるわけではない。

生ぬるい風に吹かれながら、外灯の下を歩いているとポケットでスマートフォンが震えだした。

——実晴。実晴聞いて！

もしもしと返事をする間もなく言ったのは、聞き慣れた声だ。

「どうしたんだ、香絵」

——洋服のデザインが採用されたの。ラインナップごと全部！　全部よ？　全部！　新しいブランドひとつ、任せたいって。

一呼吸置いて、実晴はあっと目を開き、前のめりになって叫んだ。

「わ——お、おめでとう香絵！」

香絵の夢が叶ったのだ。どこかのブランドで新作を扱ってほしいと言っていた彼女だが、それどころか香絵の服のシリーズに名前をつけてもらえることになったのだろう。大ジャンプだ。

——ありがとう。みんなのお陰だよ。それだけ。また電話するね。ありがとう、実晴！

「俺は何にもしてないよ。おめでとう」

——ありがとう！

泣いているのだろう、はなをすすりながら、でもとても明るい声で言って、香絵は通話を切った。

「電話かけまくってんだな」

呟いて画面を見ると、香絵が電話をかけそうな相手の顔が何人も思い浮かんだ。高校のときからつるんでいる女子、専門学校の先輩。ブティックの販売員、映画仲間。

みんなきっと喜ぶだろう。香絵の成功というより、あんなに嬉《うれ》しそうな香絵を見て喜ばない人はいないと思った。

一生懸命、か。

理由はそれだ。正直、香絵がどのくらいの成功を得たのか、服飾業界など知らない実晴にはぜんぜんわからない。でもこんな自分から見ても香絵は眩《まぶ》しかった。伝わってくる声は、圧倒されるような輝きに満ちていた。

就職先に文句言ってないで、やり直してみようかな。

候補として何度も上がっては過ぎていった選択肢が、今度こそ実感を伴って実晴の胸に訪れる。

内定先が潰れたからしかたなくとか、流されて他に行き場がなくて、という理由じゃなくて、そこを居場所と決めて、いつか限界が見えるならそれを見るために、もう一度真っ向から仕事に向き合ってみようか。

駄目だったら就職先探せばいいやなんて、学生じみた甘さじゃなくて　ここを退いたらもう駄目だと思うくらい、必死にがんばってみようか。

そうしたら、矩文ともちゃんと向き合える自分になれるかもしれない。

ふと過《よぎ》った答えが正解なのを、実晴は直感した。

矩文に比べてどれほど些細《ささい》な成功でもかまわない。一所懸命な自分になって、自分で作ったお菓子を持っていけるくらいになったら、矩文はもう一度話をしてくれるだろうか。

溺《おぼ》れているとき急に岸に手が触れたときのようだ。はっと意識が鮮明になり、今まで頭を占めていた絶望が晴れる。

静かに鼓動が高鳴り始めた。

できるかどうかわからないが、やれるところまでやってみよう。身体の中にそっと満ちてくる高揚《こうよう》に、冬以来、初めて満足を得た気がしながら、駅まで歩いた。

適度に混んだ電車に乗って、駅から家に辿《たど》り着く間、また砂粒のような小さな雨が降りはじめていた。

帰宅して夕食を食べた。二階は工事中で、一階にまで新しい木材のにおいが漂っている。実晴が食事をしている最中に、母は電話を取って居間のほうにいった。夜のニュース番組を観ながら、ずいぶん盛り上がっているらしい話し声を聞いて、実晴は食器を下げて廊下に出た。ちょうど母が通話を切ってキッチンに戻ってくるところだった。

「ごちそうさま」

「矩文くん、結婚するかもしれないって」

前置きもなく母が言う。

「え?」

「さっきの電話。千堂《せんどう》さんだったの。矩文くんに最近お見合いの話が持ち上がっていて、先に食事会をしたらしいんだけど、けっこう雰囲気よくってね」

まるで参加していたような口ぶりで母は言った。

「それで千堂さんったら、これはお見合いするまでもないかも、なんて言うのよ。嫌だわ、あの千堂さんがおばあちゃんって呼ばれるなんて似合わない」

その想像はさすがに早すぎると思ったが、実晴は、その子どもが幼稚園に上がったら、実晴を何と呼んでもらおうかと悩んでいたところだ。さすが母だなと思うべきところだろうか。

母は、夢見がちな表情でため息をつく。

「うちは遠縁も遠縁だから、披露宴にはお呼ばれしないだろうけど、矩文くんのタキシード姿を見てみたいわねえ」

見合いの話があったのなら知っている。

本当に、矩文は結婚してしまうのだろうか。もしかして実晴の説得を受け入れて――？

「実晴？　どうしたの？　アンタが真っ先に喜びそうなものだけど」

「あ……うん。嬉しいよ。おめでとうって、言っといて」

こういう場合こういうべきなんだろう。大して考えもせず実晴はうわごとのように口にする。

廊下をたどって客間に行った。

実晴は客間で寝起きしている。客間は洋間で、テーブルをどけてソファとソファの間に、マットレスを敷いていた。二階から持って降りた家財道具はダンボール箱の中に押し込んだままだ。どこへ行けばいいのかわからない自分の中味のようだ。

実晴は部屋の灯《あか》りをつけ、ソファに腰を下ろした。

――やればちゃんとできるじゃないか。

実晴は安堵《あんど》した。

自分が口うるさく言わなくたって、矩文ならちょっと冷静になればお見合いだって簡単にできる。あのときはやはり矩文らしくなく動転していただけだ。誰もが認めるような女性と会って、この人ならと自分で決めて、二人で手を取って未来へ進む。そんな当たり前のこと、矩文ならちっとも苦労するようなことでもない。

どこかで思い直して、本来彼が選ぶ未来を選んだのだろう。お膳立てはできていた。簡単なことだ。

いつ頃食事したんだろう。もしかしてこの間店に来てくれたのだって、思い直したと言いに来てくれたのかもしれないのに。

そうか。そうだったのか。

実晴はホッと肩でため息をついて、微笑《ほほえ》みを漏らした。

――ああよかった。矩文が王子様に戻れる。

そう思ったとき、実晴は自分の頬《ほお》に温かいものが伝うのを感じた。

満足したはずなのに、どうしてこんなに寂しいんだろう。胸をきしきしと軋《きし》ませる寂しさが満たしている。我慢していたら嗚咽《おえつ》になるくらい膨らみそうだ。

前屈《まえかが》みになった足元に、雫《しずく》が落ちた。

どうして泣くのか自分でもわからない。

何もかも実晴の願い通りだ。二十年も思い描いてきた理想の矩文の未来そのものだ。なのに矩文が他の人のものになると思うだけで本当に胸が痛い。我慢を押し退けて溢《あふ》れてくる涙が止まらない。

どうして自分は隣にいられないのだろうと、どうしようもない嘆きが湧き上がる。矩文の隣を誰かに明け渡して、その他大勢になりたくない。透明人間になんてやっぱりなりたくない。

——これはきっと失恋って言うんだ。

自分で呆《あき》れるくらい唐突に実晴は思った。

こんな気持ちを味わったことがなかった。なぜならずっと矩文だけを想ってきたし、矩文は今まで誰も選ばなかったから自分は知らずにすんだ。

いつからこんな激しい恋に落ちていたのだろうか。幼い憧れのはずだったのに、いつの間に自分を泣かせるようなとげとげしく重い恋愛感情に変わっていたのだろう。

どこまで記憶を遡《さかのぼ》っても、ただ矩文を見つめて、矩文に憧れて想い続ける。それだけの日々にしか、辿《たど》り着かない。

——みはるちゃん。こんにちは。

あの瞬間のときめきは間違いなく初恋だった。だが自分の初恋は、一生ものの恋だった。

気がつくと、いっそう苦しくて、実晴は身体を折るくらい激しく泣いた。

今頃気づいたってどうしようもないし、自分が彼にふさわしくないのもあいかわらずの事実だ。


涙が治まってから、泣きはらした顔を見られないよう急いでバスルームに行った。湯船の中で色んなことを思い出した。幼稚園のお迎えに来てくれて嬉しかったこと、一緒にお花見に行ったこと。学校の帰りにお菓子をくれたときのこと、バーベキューのときのこと。どの場面でも、矩文のことがずっと好きだった。でもそれはヒートアップした憧れで、こんなに泣きたいくらい痛む恋心ではなかった。

ぼんやりと風呂から上がって、そのまま布団に入る。時計は見なかったが、考えごとは深夜まで続けたと思う。

朝、いつもの時間に起きて、身支度を整え、キッチンにいく。矩文を見送る窓は、ブルーシートに覆われたままだ。

朝のテレビ番組を片耳で聞きながら、母が並べてくれた朝食を食べる。

「あのさ、母さん」

「なあにー？」

急須に茶葉を入れている母がのんびりした口調で答えた。

「俺、家を出ようと思う。この近くで安いアパート探そうと思ってるんだ」

家を出たって、実家の近くだから同じように見えるかもしれないが、家を出るか出ないかの問題で距離は関係ない。

「ええ？」

奇妙な顔をして、母が振り返った。

「会社から帰ったら、ちゃんと話すけど、ちゃんと一人前になるために、全部、自分でやりたいんだ。生活とか、家事とか、色んなこと全部」

昨日たくさん考えた。

もう一度、矩文の前に立つにはどうすればいいか。

失恋したのはわかっている。まだ失恋の傷は新しくて、考えるだけで今でも涙が溢れそうだが、時間はひとときも休まず流れ続けている。

母は、実晴がおかしなことを言っているように怪訝な口調で言う。

「どうしたの？　会社辞めたいの？」

「ううん。ぜんぜん。たぶん近くに住む。家を別にしたいだけ」

「不経済じゃない。実晴が自炊をしないのは、大学生のときでよくわかったし、せっかく部屋も新しくなるのに、お金を出してよくないところに住むことないでしょう？　それにどう考えたってもったいないじゃない」

ぜんぜんメリットがないと母は言うが、そんなことは実晴にもわかっている。だが居心地のいい実家にいたらこの先も甘えるばかりだ。苦しくてもちゃんと、自分で生きていこうと実晴は決めた。

もう一度、矩文と会いたい。いつまでも幼いままではいられない。一人前の男として、矩文と話がしてみたい。がんばったところで、個人の和菓子屋勤務だ。一人前になれるまでどれだけかかるかもわからない。でも、これが俺だと言って、こういう生き方をしていると、胸を張って矩文に言えるようになったら、もうあんないたたまれない気持ちで矩文の前に立つこともないと信じている。

「母さん、実晴が言ってることがわからないわ。帰ってからお父さんに話をしなさい。ほら、もう行く時間でしょう？」

「うん」

頭を冷やしてこいと言いたげに、母親は実晴をいつものタイムテーブルに乗せようとするが、特に逆らう理由もなかった。

矩文が好きだ。無闇《むやみ》な憧れや、崇拝ではなくて、彼を尊敬して、全部の気持ちで好きだと思う。恋愛かどうかと尋ねられたら、今ならうんと言える。

「行ってきます。今夜は父さん、どこにも出かけないでって言っておいて」

自分が彼に似合わないのはあいかわらずで、こんなことしたって無駄だと思うけど、せめて少しでも初恋にふさわしい自分に近づきたかった。


思わず「はあ?」と言ってしまった。

目の前には、風呂上がりで片手に団扇《うちわ》を持った父がいる。

「ロマン。……そう、ロマンだな」

「……はあ」

何がロマンなのか、父と机に向かい合って正座をしている実晴にはぴんとこないが、それで父が納得してくれるなら話を聞いてみようと思う。

「俺も憧れたな。実家を出て一人暮らしをする。どんなに小さくても男の城を手に入れるということだ。まあ俺の場合、親の反対にあって、家を飛び出して、ぐっちゃぐちゃな暮らしをして、限界を迎えて、家に帰りたいと言おうとしたら、圭太《けいた》が嫁を貰って帰れなくなったわけだが」

圭太というのは父の弟で、実晴の叔父《おじ》だ。父が家を飛び出している間に結婚して、実家を継いだということだろう。

「生活が立ち行かなくなって、当時、今みたいに残業にうるさくなくて、遅くなったら飯がなくてな。そこを助けてくれたのが母さんで」

「そんなこと言ってないで、実晴を説得してくださいな」

ちょうどお茶を持って入ってきた母がぴしゃりと軌道修正する。父と社内結婚だったのは実晴も知っている。

父は卓の上に団扇を置いた。

「男は苦労だ。俺は実晴が外国に行くと行っても止めん」

「父さん」

「その代わり覚悟をして出て行けよ？　母さんのありがたみをあとで理解したって遅いんだからな？」

「お父さん、私を褒めてないで実晴を止めてよ」

母のつっこみを聞いて、実晴は思わず噴き出してしまった。

「はい」

実晴は笑って、父に頷きかえした。

父の庇護《ひご》と母の世話のありがたみはよくわかっている。わかっているからこそ、一人で生きていける自分になって、いつか彼らにも一人前になった自分を見てほしい。

結婚の話なんて、そんなに急に進むものではないと、早々に結婚した同級生から聞いている。結婚しようと二人で決めてから、親のところに挨拶《あいさつ》に行って、結納の日取りを決め、準備をしたり、結婚指輪を買いに行ったり、ホテルの下見をしたり引き出物を決めたり。聞いた話では半年くらいかかるということだ。

三日の間に実晴も行動していた。不動産屋に行き、職場に歩いて通える程度のエリアの中から、できるだけ安いアパートを選ぶ。１ＬＤＫ。学生の頃の部屋より少しましだが、けっして上等とは言えないくらいだ。実晴が出した条件に当てはまる物件は六件あって、今日は会社帰りに二件、見学させてもらった。

実晴は、大きく大平《おおひら》不動産と書かれた車から降りた。いつも矩文が使うバス停の後ろのほうが車寄せになっていて、タクシー類はだいたいそこに停《と》まる。

「ありがとうございました。お世話になりました」

実晴が車のドアを閉めて礼をすると、すぐに助手席のウインドウが下がる。

「いいえ、お疲れさまでした。明日はちょっと遠い物件と、駅に近いほうの物件の予約を取ってます。何かありましたら、気軽にお電話ください」

運転席から声をかけてくれるのは、不動産屋の担当だ。

「はい。よろしくお願いします。明日の午後一時にここでお待ちしてます」

実晴が一歩後ろに下がると、「ども！」と言い残して、不動産屋の車は発進する。

夕闇の車道に紛れてゆくテールライトを見送って実晴はため息をついた。職場の近くは部屋が古く、便利がいいところは高い。家賃を下げようと思うと職場からも駅からも遠くて、格安物件は飲み屋街のまっただ中だ。

条件的に、今日見た二件が有力候補だ。古さを我慢するか、家賃を多めに支払うか。実晴の人となりを見た不動産屋は《将来引っ越す予定なら、古くても便利がいいほうを勧める》と言った。今、実晴の給料は安いが、一人前になって、技能手当などが付くようになれば中小企業の会社員と同じ程度の給料は貰えると聞いている。特に賃金の上昇を要求しなくたって、店の売り上げがいいときは還元してくれると坂本が教えてくれた。がんばればちゃんと給料になって返ってくる善良な会社だと言う坂本は嬉しそうだった。

一人前になるまで安いところに住んで、もしも一人前と呼んでもらえる日が来たら——矩文に会いにいって、それでももしも失恋の傷が癒《い》えていなかったら、少し遠くて部屋が広い、家賃の安い部屋に引っ越そう。

だいたいそんな方向だと思いながら、横断歩道のほうに足を踏み出したとたん、背後を歩いてきた人に急に手を摑まれた。

「わ——？」

通り魔！　ととっさに思って振り返ると、

「矩さん――!?」

「実晴。どうして引っ越しなんか」

悲痛な顔をした矩文だ。

「あ。いや、その……」

引っ越しには違いないが、事情を話すと長くなる。それに引っ越すと言ったたって、職場の近くだからすぐに帰れるし、引っ越して、気持ちの整理をつけてからになると思うが、矩文にこの気持ちごと、全部打ち明けようと思っていた。でも一人で勝手に後悔して、反省して、決めたことだ。全部実晴の心の中のことが理由だから、矩文には説明しにくい。

「実晴の部屋の工事は上手く行かなかったのか？　だったら遠慮なしに頼ってくれと言っただろう？」

「いや、そうじゃなくて、とりあえず、その、家を出ようと思って」

「なんで？」

理由を尋ねる矩文の声はほとんど詰問だ。

「そんなに俺に呆れた？　そんなに嫌になったのか」

「は？　え……？　いや、じゃなくて、矩さ――……」

何でそんなことになっているのかと思っていたら、いきなり矩文に反対の腕を摑まれた。

「俺の努力は全部間違いだったのか？　実晴にちゃんとしたところを見せようとしてがんば

ってきたのは、無駄どころか実晴の嫌なことだったのか？　じゃあ俺はどうすればよかったんだ。実晴ががんばる俺が好きだと言ったから、俺は本当に、必死でがんばってきたのに」

「矩さん……」

「実晴がいなくなったら、もう俺はどうすればいいかわからないんだ。俺はどうすればよかったんだろう？」

「ま——待って。待って、矩さん！」

何を言われているのか、実晴にはわからない。実晴の引っ越しと矩文のがんばり。共通点がわからない。

「何のことなの。俺はどこにも行かないよ」

「でもさっきのは不動産屋の車だっただろう？　誤魔化《ごまか》したって駄目だ。うちの母が、実晴のおばさんからも聞いたそうだ。週末に実晴に会って説得しようと思っていたのに、そんなに早く」

「母さんもう喋ったの!?」

この二、三日の話だ。しかも本当に決まったのは一昨日で、今の段階では《いい部屋が見つかったら》という前提で部屋探しだ。生活に困っているわけではないから、あまりにも条件が悪い部屋を紹介されるなら、夏の転勤時期まで待つくらいのゆるい話だった。

「ああ。実晴が理由もなく、突然家を出たいと言い出したと。俺のせいだろう？」

「違……いや、そうだけど、違うんだ。それに母さんにはちゃんと理由も話したし！」

　仕事に集中したい。自分を追い込んで言い訳のきかない仕事をしてみたい。父は必要以上の理解を示してくれていたが、首を傾《かし》げていた母は、やはりわかっていなかったのか。それにしたって《理由もなく》というのは酷い。

「実家で甘えてちゃ、全部に甘えてしまうと思ったんだ。俺のぐるぐるしてる気持ち、ちゃんと矩さんにも話しただろ？」

　本当はその先の気持ちもあるが、それはあとからついてくるものだ。心身、経済面ともに一人前になりたい。そのあと矩文とちゃんと向き合うつもりだった。

「そんなのは言い訳だ。そんな引っ越しするような遠くに……」

「栄町だよ。中央町かもしれないけど」

「えっ」

「隣町。もしくはその隣の町！」

「実家があるのに何で？　おじさんと喧嘩《けんか》でもしたのか？」

「矩さん、人の話聞いてる？」

　確かに事情もわからないまま、隣町に引っ越すと言えば、家を出なければならない理由ができたと思うしかない。一番ありがちなのが親子喧嘩だ。

　実晴はふう、とため息をついた。

「飛び出すんでも、追い出されるんでもないよ。とにかく自立しなきゃ、って思ったんだ。駄目だったら家に帰れる距離で保険かけてるところが、まだ甘っちょろいと自分でも思うけど」

職人だから、会社のように我慢と努力をしていれば給料が保証されるわけではない。仕事が覚えられなければクビになるかもしれない。クビにならなくたっておいしいお菓子を作れるようにならなければ、店が潰れてそこで終わりだ。努力は必須だ。

「そうなのか……」

「矩さんこそ、結婚は？　新居に行くんだろ？　今じゃなくても結婚したらいつか」

いっそ結婚と同時に、会える距離くらいのどこか遠くに引っ越してほしいと思っていた。あんなに矩文の新婚生活を眺めるのに憧れていたのに、今は、奥さんと幸せに過ごす矩文を見たくないとも思っている。それなのに、自分ばかり家を出ることを咎《とが》められるのは不公平だ。

「え？」

怪訝な顔をした矩文に、今度は実晴が不機嫌に訊いた。

「食事会でいい雰囲気だったんだろ？　もう見合い飛ばして結納でもいいって、母さんから聞いてるけど？」

「母さん、もう喋ったのか……」

さっきの実晴と同じ言葉を矩文は零した。母親同士が仲がいいと余計な情報まで筒抜けだ。これまで一番酷かったのは、実晴がアルバイトをして買った矩文への誕生日プレゼントを、母がバラしてしまったことだ。せっかく驚かそうと思ったのに先にばれてしまって、ばれていることも知ってしまって台なしだった。今はそれ以上の悪影響だ。

矩文は困った顔で首を傾げる。

「確かに、食事に行ってきたよ。お断りのお詫《わ》びを兼ねてね。それだけだ。母にどういう誤解をされているかわからないが、俺と彼女は意思を確認し合ってる。互いに結婚の意思はない」

「そう……なの？」

きっぱり言われて実晴は目をしばたたかせた。矩文はそれでいいかもしれないが、彼女のほうは見合いの話をそんなに簡単に蹴《け》り飛ばしていいのか。

「ああ。彼女は大変な才女で、海外に転勤のチャンスを得たらしい。結婚をしている暇がないそうだ。彼女の父親の立場上、見合いを断れなかっただけで」

「すげー……」

さすが矩文の花嫁候補に挙がる人だ。実晴が転げまわってがんばったってそんな話は夢物語だ。

矩文は、じっくりと実晴を見た。大学生のような私服と斜めがけのバッグ。改めて見つめられると居心地が悪い。

「実晴と話したかった」

しみじみと矩文は言う。

「正直に全部話して、これから実晴にどこまで近づくのを許されるのか、以前みたいに遊びに来てくれるのか。メッセージも来ないし、朝も会えなくなったし」

「それは事故であの窓がなくなったせい……じゃない。ごめん」

実晴は素直に謝った。明らかに矩文を避けた。ぐずぐずと煮え切らない自分を棚に上げて、矩文にあたってばかりいて、何か連絡の手段があったら嫌なことを言ってしまいそうだったから逃げた。

「矩さんが、俺なんかを好きな理由がわからないよ」

「今さら理由が必要かな」

「必要だよ。みんなからすごいって言われてて、王子様みたいな矩さんが俺を好きになる理由なんて、誰が考えたって思いつかないだろう？」

「ぜんぜんすごくないよ。それにどんなに世間の評価を受けたって、初恋が叶わないなんて、情けないにもほどがあるだろう？」

「そんな……。俺が？」

「うん。ずっと好きで、見守っていたくて、火事のときもぜんぜん迷わなかった。これまで勉強でも仕事でも、厳しいときは何度もあったけど、実晴の顔を思い出したらがんばれたよ」

「矩さん……」

ぽかんと見つめる実晴に、矩文は苦笑いを返した。

「それなのに、好きな人が作ったお菓子を売ってもらえないなんて最低だ」

「それは……！」

当てこすられて実晴は慌てた。

矩文に誰よりもかっこよく、幸せでいてほしいのに、矩文をそんな目に遭わせたのは、他でもない実晴自身だ。

そう言われてみれば矩文がかっこ悪いところを見せたのは、ほとんど実晴のせいだ。お見合い話に動転したり、実晴のことが好きだと言ったり、見せつけるように矩文の日常生活をさらしたのも、なかなか理解できない実晴への仕返しだと今ならわかるし、雨の中に立たせたのも、買い物をさせずに追い出したのも実晴だ。

「ホント……、駄目だね。俺のせいだ。矩さん、かっこ悪い」

自分なんかに恋をして、らしくない醜態をさらす王子様は、かっこいいを通り越して、息ができなくなるくらいいとおしい。

「大好き」

小さい頃の憧れを少しも損なうことなく、愛《いと》しさが思いっきり上乗せされる。

「実晴」

実晴は、矩文を窺《うかが》うように見上げた。

「今さら好きって言って間に合うものかな？」

「ぜんぜんOK」

「他の人のものになったら寂しいって、都合のいいこと言っても怒らない？」

「大歓迎だ。実晴からそんな言葉が聞けるとは思わなかった」

矩文が、実晴の手に触れた瞬間だ。

「あら、こんばんはー」

背後から声をかけられてぎょっと二人で振り向いた。

近くに住む奥さんだ。矩文のことを知らないかもしれないが、実晴は小さい頃から顔を知られている。

「こ、こんばんは！」

慌てて手を離して実晴は、笑顔で挨拶を返した。

そのまま歩いてゆく奥さんを数秒見送り、矩文を振り返って目が合ったあと、一緒に噴き出した。

「うちにおいで」

「いや、でも……」

一人前になるとか独り立ちするとか、あちこちに宣言しまくって家を出たのだ。実晴の決心の出足をくじかれることになるが、知り合いばかりの往来で、赤裸々な恋愛事情を話すのも辛《つら》い。

「うん」

でも今だから話せることもたくさんあるから、実晴は矩文の誘いに乗ることにした。

たくさん話そう。矩文には小さい頃からたくさんみっともないところを見せてきたのだ。

今さらかっこ悪いところが少しくらい増えたところで、動じるような矩文ではない。

「ちょっと、家に電話しとく」

夕飯の時刻には間に合いそうだが、部屋を見に行ったあとでもあるし、連絡しておかないと母が心配する。

電話をかけるとさっそく母が出た。

「俺。今から矩さんちに行ってくる。今晩は遅くなるから夕飯はいらない」

――えっ？　矩文くんのところに？　独り立ちとかそういうのはどうなったの？

「いやまあ……、それは」

話を聞いているのかいないのかはっきりしてほしいのだが、都合の悪いところはしっかり覚えているようだ。

――矩文くんにあんまりご迷惑おかけしたら駄目よ？

「はいはい」

――お部屋はどうなったの？

「明日話す。じゃあ」

と言って通話を切り、矩文を見上げると矩文がイタズラっぽい顔で実晴を見た。

「今回も優先してくれてありがとう」

「そうだね」

実晴も笑い返した。

小さい頃からいつも矩文最優先だ。矩文の前で、同じ言葉でいつも母の前から逃げ出したのは、今も継続中だった。


相変わらず矩文の部屋はおしゃれだ。ネットサーフィンをしていて、高級そうな家具屋のページで、何だか見覚えがある雰囲気だなと思ったら矩文の部屋に似ているのだった。

「ねえ、矩さん」

おみやげの冷凍たこ焼きを食べ終わったあと、ふと思いついて矩文に尋ねた。ソファの隣で、テレビのリモコンに手を伸ばしている矩文が答える。

「なに?」

「この部屋、矩さんが選んだの?」

「いいや? 内装とかラグもソファも母の趣味。実家を出てここに引っ越すと言ったときに母と揉めてね。俺が万が一、会社を辞めることになったらここに母が住むとか言い出して、家具も全部勝手に揃えたんだ。新入社員でお金がなかったから助かったけど」

「なるほど」

改めて納得がいった。この部屋にいる矩文はとてもかっこいい。それは本当に似合いすぎるくらいに。

矩文は本当に自分のことをよくわかっているものだと感心したけれど、種を明かせば、矩文の母親が、自分の息子がいかにかっこいいかを熟知して、それに似合うように色々押しつけたのだ。似合いすぎても当然だ。

「矩さんは、ちょっとだけならかっこ悪くていいよ」

「プリンのこと？」

「うん」

それと寝顔のことも、という言葉を呑み込んで実晴は頷いた。

「矩さんは、本当に俺が好きなの？」

「そうだよ？」

こともなげに矩文は答える。

「男だよ？」

「実晴のフルヌードは何度も見たから知ってるよ」

「そ、そっか……」

恋人以上に何もかも把握されている。矩文のほうが年上だから、彼の記憶のほうが多いはずだった。

「俺も、矩さんが好き」

「ありがとう。今日から付き合おうか。結婚してもいい」

「待って」

何で矩文も母も、自分を無視して簡単にことを運ぼうとするのか。断わる隙《すき》も与えてくれなさそうな矩文を急いで止めた。

「あの、話を聞いて」

「……うん?」

改まった実晴の申し出に、矩文は優しく耳を傾けてくれる。昔からそういう仕草に励まされて、心の内を打ち明けてきた。

「俺は矩さんを好き……っていうか、好きなんだけど、まだそう言える資格が俺にないっていうか……。でも好きって言える自分になりたい。今はぜんぜん矩さんにふさわしくないけど」

「ふさわしいって、どういうことを言うんだろう?」

「それは、俺が言った通りだよ。お金持ちで美人で仕事ができて、賢くて……」

そこは曲げられない。長年、妄想を駆使して練り上げてきた理想像だ。

「でも俺はそんなふうになれそうにないから、せめて、ちゃんと仕事をがんばって、俺はこういう仕事をしてます、って矩さんに話せるようになりたい」

「とても立派だ。うちの新入社員に訊いたって、一人もそんな答えを出せるやつはいないと思う」

「一流大学を出て、ものすごい倍率の面接を勝ち抜いた人と俺を比べないでよ」

「実晴のほうがかっこいいのにどうして？」

本当に、そんなふうに思ってくれるのだろうか。今はまだ志だけで、何も叶っていないのに。

「実晴の思い込みについて、訂正したいところはいっぱいあるんだけど、一番大事なところから話そうか」

矩文は少し考えるように目を伏せて首を傾げた。

「俺が実晴を好きで、実晴が俺を好きになってくれたら、誰が何を言ったって、ふさわしいんじゃないかなって思う」

「それじゃ矩さんが一方的に損だろ？」

「損じゃないけど、実晴が俺に損をさせていると思ったら、俺に得をさせてくれればいい」

「どういう……？」

おそるおそる訊いてみる。できる限りの努力はするつもりだが、不可能なことを言われたって無理だ。

「俺をすごく好きになるとか、俺に優しくしてくれるとか、一日十回くらい、俺のことを考えてくれるとか」

「そんな簡単なことでいいわけ？　俺に気を使わせないように、何かだまそうとしてない？」

気休めはいつか破綻《はたん》する。簡単な約束なら忘れてしまう。現実味のない夢を見れば醒《さ》める。

「実晴をだましたりしないよ。もっと難易度の高いことも色々用意してあるけど聞いてみる？」

「た……例えば？」

「手を繋いだり、キスをしたり」

軽く声を潜め、囁かれて実晴は思わず口許《くちもと》を覆って赤くなった。

「具体的すぎ」

実晴の苦情に矩文も苦笑いだ。

「ごめん、だいぶん妄想してしまった。さすがに透明人間になりたいと思ったことはないけど」

「いや……透明人間は究極っていうか、突き詰めたというか」

自分の心の置き所がなくて、いけるところまで突き進んだ結果がそれだ。今思えば、どう足掻《あが》いても矩文が自分を愛さないという現実から――自分のふがいなさから、ただ逃げたかっただけだと思う。勇気を出して、もう少し踏み込んでみた。

「妄想って、どんな？」

今度は実晴が声を潜める番だ。さらに矩文が声のボリュームを落として頬を寄せてきた。

「実晴には言いがたいこと。体験してみる?」

「なんだよそれ!」

耳元で囁かれて反射的に矩文の胸を押し返した。

「嫌?」

矩文は笑っていた。嫌と答えれば矩文は無理強いをしないと思うが、それが困る。

「お、追々に……」

「わかりました」

赤くなりながら答えると、矩文は囁いて頰にキスをしてくれた。紳士的なのに心を緩めるとしっかり入ってくる。

「ズルイよ」

そんな些細な押しの強さが、不快でないところがうまいからズルイ。

「で、俺も質問をいいかな」

矩文が言うのに、「どうぞ」と実晴が答えると、矩文は声から甘さを減らして囁く。

「家を出るって、どういうことかな。何をしようと思ってたんだ?」

「あ……ああ、それは。ええと……」

どうせ落ち着いたら話しに来るつもりだった。疚《やま》しいところはない。ただかっこ悪くて、決心というにも些細すぎるのが申し訳ないだけだ。

実晴は今度こそ正直に話した。矩文にふさわしい自分になりたくて、一人前の男として働けるよう、生活も仕事も誰の目から見ても明らかに、自立できるようになりたくて、家を出る決心をした。

ときどき「なんで？」と不思議そうな顔で尋ねた矩文は、丁寧に説明したらわかってくれた。「けっこう考えが飛躍するタイプなのはわかっていたけど」とも呟いていた。

「家を出るなら、うちにくればいい。部屋なら空いてる」

「いやいや、それはないよ。俺が何のために家を出るかって、聞いてた？　矩さん」

矩文は誘ってくれるが実家から矩文の家に移ったらまったく意味がないことだ。自分に厳しいどころか、矩文に甘やかされて、余計だらしなくなってしまうのが目に見えている。

「ちゃんと聞いてる。一人前になりたいんだろう？」

「そう。そこで甘やかされたら駄目だろう？」

問い返すと矩文は、薄い笑いを浮かべて実晴を見つめた。

「好きな人が毎日『どうだった？』って成果を尋ねてくる部屋に住んで、毎週、好きな人がおいしい和菓子食べたいなってリクエストするような部屋なら、一人で住む以上に一人前になるのが早そうじゃないか？　俺はけっこう厳しいんだ。自律の人だからね」

「たしかに、矩さん、職場で性格変わってそう」

矩文が努力の人なのは誰よりも実晴がよく知っている。その矩文に毎日、どのくらい成長したかと訊かれながら過ごすのは針のむしろの上で暮らしているようなものだ。逃れたいがために必死で修業に励むだろう。だがそれは自分を甘やかしていることにならないか。結果的に駄目になりはしないか。

決めきれずに上目遣いに矩文を見ると、矩文は照れくさそうに笑った。

「実晴が作ったものなら何でも旨いけど」

「駄目じゃん」

やっぱりここは駄目だ。甘やかされるのが目に見えている。

「実晴」

困っていると矩文が頬に手を伸ばしてきた。耳を包まれ髪を撫《な》でられる。

「キスしてもいい？」

どう答えればいいかとっさにわからない間に、目の前で矩文が目を伏せるのが見えた。温かい唇が触れる。重ねるだけの優しいキスだ。体温と唇の感触にうっとりとする。

矩文の吐息からは、少しプリン風味がした。余韻とともに甘い香りを楽しみながら、実晴は呟く。

「……お姫様って、こういう気持ちかな」

「どんな？」

「身体の中の毒が溶けて、何でもやれそうになる気持ち」

白雪姫も茨姫《オーロラ》も。今なら喉に詰まった毒や指に刺さった刺《とげ》が溶けて、目覚めるのがわかる気がする。

矩文が、実晴の頬に触れてキスを重ねる。何度か押し当てられたあとに、舌先が唇の割れ目を舐めた。奥まで探られて、舌を絡められたとき、実晴は驚いて思わず矩文の肩に手を突っ張った。

「嫌？」

「び……くりした、だけ」

うっとりしていた頭と心臓が、どくどく言いはじめて今はばくばくしすぎて分解しそうだ。

矩文はまた軽く首を傾げながら、唇で実晴の唇に触れながら囁く。

「止めないと、どんどん進むと思う。ベッドでいい？」

「ベッド……？」

「実晴がしたくなければ、今なら間に合いそうだけど。とりあえず、今夜は」

何を言われているかわかって、頭全体から湯気とか汗とかが出そうに焦る。いきなり色々具体的すぎだ。

「えと……し、したい……とは、思う。けど」

矩文と抱きあいたい。つまりセックスということなのだろうけれど——できるものなら矩文と関係を持ちたい。

「ほんとにできるの？」

どこでするのかは実晴も耳にしたことがあるが、都市伝説の類《たぐい》だと半分信じていた。聞き流さずに調べてみればよかった。調べなかったのは、もしもできるとわかってしまったら、したくなってしまうかもしれないからだ。

「実晴が許してくれれば」

「矩さんなら」

ぼんやりしたまま答えた。無謀《むぼう》なことを矩文はしないと信じていた。本当にできるなら、相手が矩文なら愛の行為を重ねてみたい。

矩文は、少し緊張したように囁く。

「期待してくれてるとこに申し訳ないけど、一番かっこ悪いところを見せることになりそうなんだけど」

「ほんと……？」

今のところのワーストは、髭を剃《そ》っていた矩文だが、それ以上なのだろうか。

「やめる？」

「……する」

ここまで来たら覚悟するしかない。どんな矩文だって愛そうと思った。

「ありがとう」

矩文は近い距離でにこりと笑って「がんばります」と言った。

「セ……セックス……だよね？」

単語は重々承知の上だが、矩文を好きでいる限り、一生しないと思っていたから、あまり具体的に考えたことがない。

「そのつもりだけど？」

ホッとするのが半分、さらに困るのが半分。好きな人と思いが通じて、恋人になる。

「今日付き合うことになって、あの……即日でいいのかな」

デートとか様子見とか、少しもしなくていきなりベッドに行っていいものだろうか。

矩文は不思議そうに首を傾げる。

「俺と実晴の間柄を、即日という人がいたら話を聞いてみたいな」

「ま……ね」

そういえばそうだったと、実晴は思った。幼稚園のときからずっと、彼と一緒に過ごしてきたのに、今さら改めて知らせることもない。

「十分待ってて」

矩文はそう言って立ち上がった。

「どこに行くの？」

「王子様の役目を果たしに」

「え？」

どういうことだろうと思っている間に矩文は部屋を出ていってしまった。置いて行かれて呆然としたあと「セックスってこういうことだっけ……？」と本気で実晴が不安になった頃、矩文が戻ってくる。手にしている紙袋を見て、そういうことかと、実晴は思った。コンドームはないと困るし、部屋に常備されていたらそれはそれで問題だ。

「お風呂で身体を温めてくる？」

「あ……うん。いったん家に帰ってくる」

仕事帰りで、身体中が粉っぽい。迷いはないけれど、気持ちを落ち着ける時間が必要だ。

「うちでどうぞ」

「そんな……いいよ。近いんだし」

「帰してしまったら、もう来ないかもしれないだろう？」

「そんなこと……」

ないと言おうとしたけれど、今までの実晴の行動を振り返れば、信じてもらえなくてもしかたがない。

「わかったよ」

「ありがとう」

こんなことになっても矩文はいちいち紳士的だ。美しい微笑みのあと、頬にキスが触れるのが、これまでになかったできごとだったが。

ゆっくりしておいでとバスルームに送り出される。想像以上のできごとの連続で何も考えられない。身体を洗っていてもどこまで洗ったかわからなくなって、シャンプーを流したあとまた手にシャンプーを出してしまったりもした。

タオルドライをしただけの髪にキスをされながら、「ベッドに入ってて」と囁かれる。

矩文の部屋にゆくと、ベッドサイドの丸いランプを灯《とも》しただけの暗い部屋が待っていた。

本当に矩文とするんだろうか。

どきどきしすぎて少しふらつきながら、言いつけのままもそもそと矩文のベッドに潜り込む。頭まで布団を被《かぶ》ったせいでなおばくばく響く鼓動に目が回る。窓のほうに寝返りを打ち、目を閉じて落ち着こうとしたとき、部屋に人が入ってくる気配があった。

「実晴？」

返事をせずにいると、布団の端が捲《めく》られ背中側のベッドが軋んだ。

シャンプーの香りがする。背中から抱きしめられた。かあっと頭が熱くなり、全身が心臓になったように鼓動のたびに震える。矩文は実晴の心臓の音を味わっているかのように抱きしめたままだ。口でため息のような息を繰り返していると、背中にある矩文の鼓動に気づいた。二人分の鼓動でうるさいくらいに騒がしい。

「の……矩さん……!?」

首筋に唇を押し当てられて、裏返った声が出た。振り返ろうとすると脚の間に手が滑りこんで、ひっと丸まってしまう。

「嫌だったら言って」

パジャマの上から腿《もも》と股間《こかん》をさすられて猫のように実晴は固まる。

「わ……」

矩文の手は優しく、ぼうっと熱くなるような快楽はあるのだが、矩文が実晴のそんなところに触れている事実に困惑する。

「矩さん……！」

振り向こうとすると、背中からそっとのしかかられるようにして止められた。

「痛いことはしないから」

耳の裏を舐《な》めながら囁かれると、背中がぞくぞくする。

「あ」

矩文の手がパジャマの中に潜ってくる。下着の中に触れられる。

触り慣れているはずなのに、それが矩文の手だというだけで、受ける感触のすべてが鮮烈だった。乾いた手のひら、巻き付いてくる指。先端にじわりと露《つゆ》が滲《にじ》み出すのがわかる。それを指先で塗り広げてゆっくり扱《しご》いてくる手の動きも。

「矩さん、ヤバい。すぐイきそう……！」

嘆くような気持ちで、両手で顔を覆いながら実晴は言った。緊張だか興奮だかわからないもので弾《はじ》けそうだ。矩文の手に与えられる快楽は、慌てるほど鋭く、針でつつかれているくらいびりびりと刺さってくる。こんな恥ずかしいことを矩文に聞かせたくないが、予告もなくいきなり出してしまうよりマシだ。

「ホント待って――！　わあ」

ほとんど泣き声で訴えたとき、パジャマのズボンをおろされた。布団の中だからまだ耐えられるが、想像すると顔から火を吹きそうだ。

「実晴、痛いときだけ言って」

そう言って後ろに矩文が触れてくる。本当にそうするんだと、他人事《ひとごと》のような驚きがあったが、すぐに冷たい感触が触れてきて、実晴は息を呑んだ。

「……痛い？」

撫でさすられたあと、指が入ってくるのがわかった。何度も浅く出し入れされると異物感はあるが痛みはない。

首を振ると、指が奥へ進む。はっきりと自分とは別の何かが身体の中を行き来しているのがわかる。二本目の指が足され、矩文は買って来たばかりのローションをそこに傾けた。

「ひ……」

矩文が手を動かすたび、くちゅくちゅと濡《ぬ》れた音がする。押し広げる動きをするときは少し苦しかった。

「あ……。あ」

矩文の手の中で混乱ぎみの性器が震えている。身体の中にじんわりと生まれてくる微弱な電流を、快楽と捉《とら》えるか悩んでいるようだ。

知らない間にシーツをぎゅっと摑《つか》んでいた。初めは半信半疑だったが、矩文の指を深くまで咥《くわ》えているのを感じると、できるんだな、と、変なことを考えた。

「実晴?」

囁かれて目を開けると、心配そうに矩文が見下ろしていた。

「おいで」

抱きあう形に誘導される。布団をはぐられて実晴は息を呑んだ。

「なに?」

「隠して。見ないでよ!」

「見たいよ」

「恥ずかしいよ!」

「今さらだろう? お風呂でも、プールでも海水浴のときも何度も見たし、実晴は覚えてないかもしれないけど、幼稚園から帰ってきたあとお漏らしをしていて、おばさんがいなかったから……」

「やめて！」

実晴は慌てて手を伸ばして、矩文の口を手で塞《ふさ》いだ。幼なじみってほんとにとんでもない。これ以上恥ずかしいことなんて——セックスくらいしかないじゃないか。

「いい？」

実晴の汗ばんだ額《ひたい》に額を押しつけて尋ねてくる矩文は、聞くというよりほとんど懇願の声音だ。

「うん」

何が起こるかはわからなかったが、怖くはなかった。矩文に守られてきた記憶ばかりがある。火事のときも、小学校の帰り道も、受験のときも、最近盛大に、そして地味に人生の迷子になって、矩文に重たい八つ当たりばかり押しつけようとしたときも。

「矩さんならいいよ」

他の誰が駄目でも矩文ならいい。

実晴が囁き声で答えると、矩文は眩《まぶ》しそうに目を細めたあと、先ほどまで指があった場所に、もっと熱い何かを押しつけてきた。

「——あ」

何があっても我慢しようと思ったのに、すぐに声が漏れた。

「あ。や、あ。……ああ。あ」

「痛い？」

「ちが、う。きつい。よ。矩さん、きつい」

痛みというより広げられる苦痛だ。いっぱいまで開かれて、まだそれ以上に広げようとする。鈍痛がピリピリとした痛みに変わる。何度かそこを行き来されると鋭い痛みが消えてゆくが苦しさは増すばかりだ。

「実晴。……痛い？」

喘《あえ》ぐ実晴の真上で、矩文が訊いて、ぐっしょり濡れた実晴の額とこめかみを撫でてくれる。覗き込む矩文の顔。滑《なめ》らかできれいな額と、はっきりした二重。指先で辿ってみたくなる鼻筋と、整った唇。さんざん見惚《みと》れてきた美しい顔だが、ふと実晴は思いだしたことがある。

「ぜんぜ……ん、変わんない、ね。矩さん」

火事の直後だ。火傷《やけど》の手首に包帯を巻かれ念のために病院に一泊することになった。身体は何ともなかったが、火事を見てしまったことがショックでぼんやり横たわる実晴を、矩文が覗いたのだ。

――みはるちゃん、痛い？

矩文のほうが痛そうな顔で、実晴のほうが慌ててしまった。

「矩さんはいつも、俺の心配ばっかりしてる」

矩文の額に震える指を伸ばした。

矩文が汗をかくのが意外だった。興奮に、口で呼吸をするのも以前なら矩文らしくないと思ったかもしれなかった。

火事のとき矩文だって怖かったはずなのに、実晴の心配ばかりをした。実晴に心配させまいとしたからだ。ずっと矩文に無理をさせてきたのは実晴だったのだ。

「実晴のためなら、どれくらいだってがんばるよ」

実晴の身体の中に、びくびくと脈打つ肉を噛み込ませたまま、矩文は強く実晴を抱きしめた。

「矩さん」

「初恋が叶うとは思わなかった」

本当にホッとしたように耳元で呟くから、思わず笑ってしまうと目の端っこから、涙が零れた。

矩文が中で動きはじめる。

実晴を労るような小さな動きだったが、やがて実晴を追い立てるような大きな動きに変わってゆく。

「矩さ……っ、あ。これ。……っわ。……あ！」

身体を押し広げられ、擦《こす》られる苦しさを堪《こら》えていると、不意にぞわぞわと腰のあたりが浮き上がるような感じがあった。

「あ……。矩さん。あ。ああ……！」

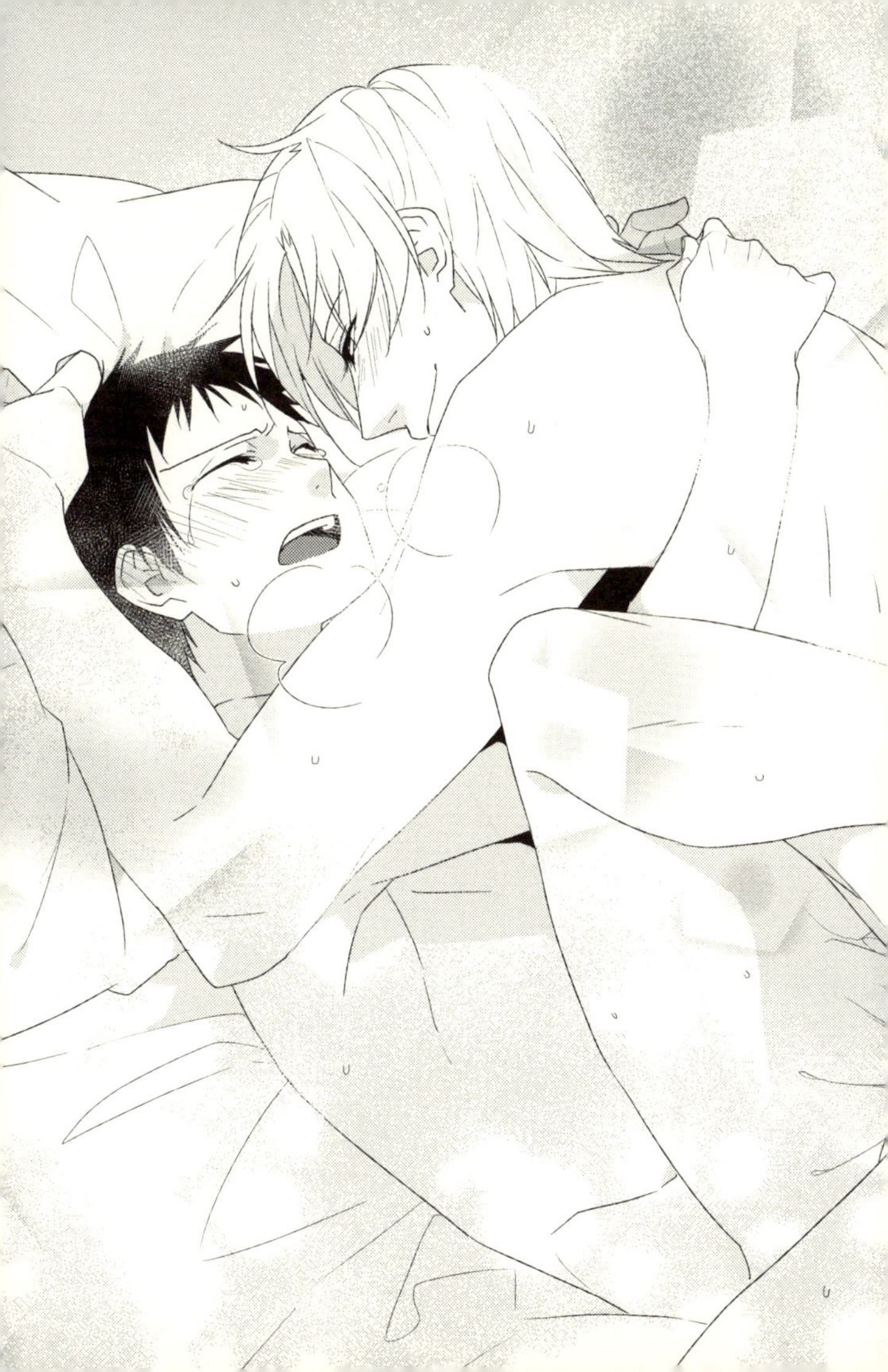

実晴の知らない波がゆっくりと実晴を高く持ち上げる。矩文にこれは何なのかと訊こうとしたとき、矩文に抱きしめられて思わず背中にしがみついていた。波は高くなるばかりだ。だが矩文となら怖くはなかった。

鋭くはない頂点に大きく持ち上げられたとき、漏れ出すようにゆるやかに実晴は射精した。


朝、矩文が起き出すのに気がついて、遅れて実晴もベッドを出た。

ちょうどケトルのお湯が沸いたところで矩文はガラスポットを手にしている。

「起きたのか？　大丈夫？」

「……うん」

優しく問いかけてくれる矩文に、実晴は泣きすぎてしょぼしょぼする目を片手で撫でながら頷いた。

「ソファに座ってて。紅茶でいい？」

「うん」

返事の声が掠れてすかすかだ。

矩文がびっくりしたように顔を上げる。恥ずかしくなって実晴はソファに急いだ。

痛みはないが、歩くと下半身がガクガクする。ソファの座面に手を伸ばしながら座り、ほっとしながら朝の光を浴びているとトレーを持った矩文がこちらへ歩いてきた。

「蜂蜜《はちみつ》とミルク。シュガーもどうぞ」

白い小さなポットと、粒の大きな七色の砂糖《レインボーシュガー》。白いティーカップに、湯気のリングを載せた赤い紅茶。

「ほんとにお姫様みたいだ」

ファンシーなティーセットに、目の前に寝癖の付いた王子様完備だ。

「実晴さえよければもっと甘やかしたいよ」

笑顔で言う矩文が本気なのは何となくわかる。矩文ならもっとスマートに胸焼けしそうに甘く、自分に優しくしてくれそうだと思っている。

「とりあえず、いつ引っ越してくる？　身体ひとつでいい。なんならこのままでもいいよ」

王子様のように、実晴の手をすくい取って指先にキスをしながら言う矩文を実晴は見下ろした。

おとぎ話なら、ここでめでたしめでたしだ。素敵な王子様と結ばれたお姫様は永遠に幸せに暮らしました、なのだろうが自分はお姫様にはほど遠いし、なりたいのはお姫様ではない。

「矩さんの部屋では暮らさないよ。予定通りに、引っ越したところに住む」

まだ掠れが残った声で実晴が言うと、矩文が険しい顔をした。

「昨夜のがやはり嫌だった？　もう無理はしないよ」

「そうじゃない。……苦しかった、けど、嬉し……かったんだ」

言葉の最後のあたりは、首筋から血が上ってきそうになってたどたどしくなった。何とか堪えられたが、それなりに痛かったし、下半身にはまだ違和感がたっぷり残っていて、重たい熱も残っている。でも矩文の気持ちを、あれ以上に感じられる行為は他に見つからなかったから、毎日と言われたら困るが、身体を重ねてほんとうによかったと思っている。

「じゃあどうして？」

「矩さんの恋人になりたい。こんなふうに目の前に傅《かしず》かれるようなお姫様じゃなくて、矩さんの隣にいられる人になりたい」

「実晴」

「双花堂の職人って呼んでもらえるようになったら、一緒に住みたいって言うかもしれない。でもそれまでは一人がいい。矩さんは、いつだって俺の味方だから俺が情けないことを言ったって、俺を庇《かば》ってくれて、きっとすぐに『何も心配しなくていいからこの部屋においで』って言う」

「それは……そうなればいいとは思ってるよ」

「やっぱり」

矩文の過保護な王子様っぷりは、とっくに実晴の想像の範囲だ。

実晴は、一度俯いて、自分の心を確かめてから、ゆっくりと矩文を見た。

「お金なさすぎてぼろぼろになるかもしれないし、時間がかかるかもしれない。それに俺ががんばったって、お店のことはどうにもならないかもしれないし」

格好いいことを言って一人で暮らすと決意したところで、正直言って何の見込みも立っていない。でもやってみるしかないと思っている。矩文の側にいるためにも、決意に全力を傾ける自分になりたい。そしてもし、和菓子界の一角——とまでは行かないが、すみっこを支えられる自分になれたら最高だ。

心配そうに自分を見ている矩文の頬に、実晴はそっとキスをした。

「ときどき、美味しいご飯食べさせて。ときどき泊まっていい？」

それくらいなら許されるだろう。甘えでなく、活力の範囲だ。

矩文は唇へのキスで返してきた。

「任せてくれ。母に料理を習ってこようかな」

「矩さんが料理なんて……まあ、おばさんに習うならいいかな」

出しかけたＮＧを、実晴はそろそろと引っ込めた。生活感に溢れた矩文は想像しにくいが、矩文の母ならカフェで出そうな料理を教えてくれるだろう。交換条件としてはまあまあだと思う。

「本当に一人で暮らすのか？」

「うん」

「一人前と呼ばれるようになったら、必ずここに来ると約束してくれる？」

「矩さんさえよければ」

「それから」

と言って矩文はまた実晴にキスをした。

「一人前になるまで、試作品を食べさせてくれる？」

「俺がいうのもなんだけど、まだひどい出来だよ？」

「おばさんから聞いてる」

「母さん、矩さんに何喋ってるんだよ」

母たちにかかれば、実晴の情報など筒抜けだ。

――失敗した卵焼き？　……ええ!?　これおまんじゅうなの!?

初めて虎プリンまんじゅうの試作品を見せた母親の感想がそれだ。そのまま矩文に伝えたとなるとほとんど悪口で伝わっている。

「それに矩さんに和菓子は似合……ううん」

訴えかけて実晴はやめた。もう、矩文にばかり幻想を押しつけて、情けない自分を棚に上げる気持ちから抜け出すのだ。

「とりあえず虎プリンまんじゅうが続くけど大丈夫？」

目下のところ延々と虎プリンまんじゅうを包む練習になる予定だ。見かけはともあれ、味が真っ当なのが救いだろうか。

矩文は、見惚れるようなきれいな顔で微笑んだ。

「ああ。プリン味は大好きだ」


正直なところ、虎プリンまんじゅうについてはデザインを変えたほうがいいと思っている。プリン味については今までの双花堂のラインナップになかった味だと自負している。プリン独特のバニラ風味と、元々の卵の風味がマッチして、ほどよく和菓子らしくプリン味だ。餡子は甘さ控えめで、あとくちがいい。バニラのせいで餡子独特の豆の風味がとてもライトになっていた。普通の焼き菓子ほどぱさぱさしていなくて、和菓子とプリンのいちばんいいところが出ていると思っている。

——そうねえ。今週判断しましょうか。

虎プリンまんじゅうの売れ行きを見て奥さんが言った。売れ行きは芳《かんば》しくなく、今まで出した新製品と比べても格段に売れ行きが悪いらしい。

季節限定品として、そしらぬ顔で販売停止にするか、デザインや包装紙の変更などの、他の手を考えるか。

実晴は、デザインを他の菓子と揃えて、姉妹品として発売したほうがいいのではないかと思っている。あるいはもっとデザインを定番の虎っぽくするか、黄色の別の生きものに変更するか。

斬新すぎたのだと思う。これまでのお客さんを無視していきなり新しいことをやったって、受け入れてもらえるはずがない。実際ショーケースの中でも虎プリンまんじゅうはかなり異彩を放っている。他の商品にもっと馴染《なじ》めばうまくいくはずだ。

包装フィルムの検品をしながら、実晴は思案に暮れていた。

――こういうのは数打って当てるしかないんだよ。俺はイイ線行ってたと思うけどね。

坂本はそう言って慰めてくれたけれど、今まで和菓子を食べたことがなかった実晴だからこそ予感めいたものがあるのだ。

うちは、こういうのも出したほうがいい。和菓子と今風のおやつの橋渡しをするような商品があったら、みんな、頭ごなしに和菓子を敬遠せずに、もっと身近に食べてもらえるのではないか。

虎プリンをお買い上げの数少ないお客様の中に、香絵が含まれていた。コンビニを辞める日、両親と妹と一緒に食べると言って、四個買ってくれた。

――お世辞抜きでおいしいよ。しかも今回見た目がちゃんとしてるし。試作品、ほんとひどかったからさ。SNSではもう伝説だよ。きーちゃんなんかアイコンにしてるもん。

相変わらず褒められているかけなされているかわからない香絵の励ましだったが、退職の日のお土産に虎プリンまんじゅうを選んでくれたのは嬉しかった。そんな彼女はおとどい上京したと、ＳＮＳにネイルのＶサインと一緒に写った品川駅の看板の写真を載せていた。

実晴の引っ越しはその二日前だ。

一番初めに見学に行った部屋に住むことに決めた。特に引っ越し日は設けず、家と職場と新しい部屋をうろうろしながら、徐々に生活を整えていく方向だ。

矩文は、一緒の部屋に住めと説得を繰り返したが、これだけは譲れなかった。ただし、週末は泊まりに行くことにした。実家にはしばらく帰らないと言っているから、誰にも会わない時間になってからこっそり、矩文の部屋へゆく計画だ。

「はい。ＯＫ、二千枚。余分が百枚。検品、林、と」

検品ノートに書き込んで、名字を丸で囲む。

「実晴！　そこ、いったん切りをつけたらオーブンにスイッチ入れて、板に油塗っておいて。二百度な」

「はい。時間のセットはあとでいいですか」

「いいよ」

手業仕事はぜんぜん駄目だが、作業にはだいぶん慣れた。手際よく働く楽しさもわかったし、同じ商品を作っていても、原材料や気温、湿度によって微かな出来具合の差があり、よくできた日がわかるようになってきて、そういう日はとても嬉しい。

焼く前のお菓子を並べる板に、専用の道具で丁寧に薄く油を塗る作業は、完全に実晴に任せてもらえるようになった。簡単な仕事だが、塗り方にムラがあったら色が変わったり、焦げついたりする。丁寧さが必要な仕事だ。

新しい油を容器に入れて、拳《こぶし》ぐらいのスポンジがついた用具を出していると、板間のほうで奥さんとパートさんが話している。虎プリンまんじゅうはいよいよ退場なのだろうかと思っていると、奥さんが振り返った。

「虎プリンまんじゅう。二十個売れたんだけど……」

「え。まじすか！」

声を上げたのは坂本だ。

「本当か」

おとうさんも帽子を取る。返事をしたのはパートさんだ。

「はい。午前中に、幼稚園の子どもを連れた奥さんが、五個くださいって。お昼過ぎに、同じような感じの奥さんが、三個ください、五個ください。他に動物の種類はないですか、って。みんなお子さん連れで」

何があったのだろうと、軽く息を止めながら報告を聞いていると、店のほうから大学生のパートさんが顔を出した。

「すみません、奥さん。今お客様からお電話が入っていて、土曜日に、虎プリンまんじゅう八個。予約できますか、って」

「ああ。できる」

おとうさんが答えた。百個までならとりあえず楽勝だ。

「ふうむ。子どもか……」

おとうさんが腕組みをして唸《うな》った。

「うちの子も大好きですけどね」

坂本の娘さんは、今のところ虎プリンまんじゅうの一番大きなお得意様だ。

おとうさんは頷いた。

「まあいい。何とか需要があるってことだ。予約の八個は今日の分をお取り置きでいいな。今日は三十出したが、予約があるから明日は五十の予定で作るか」

「はい」

ほっとした様子のおとうさんに、坂本と一緒に応えた。

よかった。これで大失敗ということにならずにすむかもしれない。そう思いながら、実晴がカラメル用の砂糖を計ったり、粉を計ったりしていると、しばらくしてからパートさんが飛び込んできた。

「虎プリンまんじゅう。完売です。今電話で隣の県からもお問い合わせが……」

「隣の県？」

「はい。地方発送できますか？　って」

おとうさんも奥さんも怪訝そうだ。

「なんで隣の県なんだ」

「あ……ＳＮＳ」

実晴は思わず呟いた。今日買っていった誰かが、宣伝してくれたのかもしれない。ネットの情報は早く、範囲が広い。

「あー。ネットか。それはすげえな」

坂本が、何度も頷いている。

奥さんが答えた。

「応対しますって言ってください。インターネットのお店と同じようにね」

「はい」

双花堂は個人のオンラインショップを持っている。主に、仕事や結婚で県外に行った客から、思い出したようにときどき注文があるくらいだ。しかし地方発送のルートはある。

奥さんがおそるおそるおとうさんに尋ねる。

「おとうさん。……通販に出してみる……？」

「出したって金はかからないんだから出しとけ」

おとうさんがほとんど考えもせずに答えるのに、みんなでホッと笑った。

そのあと幼稚園児連れの奥さんがまた買いに来た。話を聞くところによると、お友だちの家のおやつで出された虎プリンまんじゅうがおいしくて、幼稚園で話題になったそうだ。

——お母さん虎プリンまんじゅう買って。

母にねだる幼稚園児の姿が目に見えそうだ。そして母のネットワークで《どこで買ったか》を突き止めて買いに来たと思えば種明かしは簡単だ。

売り切れたと答えると、女の子は泣いてしまったそうだ。奥さんが「明日も作るからね」と慰めているのが微笑ましかったとパートさんが言っていた。

店は明るい高揚に包まれていた。自分たちが作ったお菓子が受け入れられるとやはり嬉しい。

夕方まで順調に仕事は進み、実晴は今日練習した分の虎プリンまんじゅうの失敗作をタッパーに詰めていた。通りかかった奥さんに声をかける。

「これ、買って帰っていいですか?」

「いいのよ、失敗作だから」

「はい。……いつもありがとうございます。でも」

今日の喜びを忘れないように、一歩を踏み出せそうだと矩文に報告するために、商品として自分で作った菓子を買って帰りたい。

「買いたくなるようなものを作れるようになるのが俺の夢ですから、今日だけ、買わせてください。箱買いとか、毎日とか、格好いいこと言えませんけど」

到底店には出せない不格好なお菓子だ。それを買うなんておままごとだと思われても仕方がない。

「そうねえ」

苦笑いをする奥さんの後ろを通りがかったおとうさんが一言「いいぞ。七掛けでもらえ」と言って歩いていった。

「わかりました。包むから貸して」

「い、いいです。家で食べるんです！」

「お金をもらうってことは商品です。そういうことでしょう？」

「……はい」

実晴の気持ちを汲《く》んでくれる奥さんは温かい心の持ち主だ。

「よろしくお願いします」

タッパーを差し出すと奥さんが顔を上げた。

「こんなことを言い出す子は、何だかんだと一人前になるのよねえ。坂本くん？」

呼び止められて、トレイの片付けをしていた坂本が立ち止まった。

「そういう青い歴史を語らないでください、奥さん」

誰もが一歩目から歩き出す。

この世界はきっと、そういうところなのだ。

いろいろ考えた結果、矩文と会うのは金曜の夜と決めた。土曜の夜も泊まることはあるが、日曜日は必ず帰って明日に備える。

うちから通えばいいと矩文は言うが、一週間の三分の一もいたら何のための自立かわからなくなるし、月曜、出社する前に考えておきたいことだってたくさんある。それにも「うちで考えればいいじゃないか。おいしい紅茶があるとはかどると思うよ？」と魅惑の囁きをくれたが却下だ。矩文といると時間は甘く、楽しくて、仕事のことが頭から追い出されてしまう。それではいつまで経《た》っても、矩文にふさわしくなりたいという本来の夢は叶わない。

昨日の夜は抱きあって過ごした。だいぶんいろいろなコツを覚えたが、まだ身体が慣れなくてぎしぎしするのを、矩文はひどく甘やかすのだった。お姫様でもこんなに甘やかされている人はいないと思う。

†　†　†

昼食のあと、二人で配信のハリウッド映画を観た。あっと言う間におやつの時間だ。

「今日の夕飯は俺が作ろうかなと思うんだ」

「やっぱり矩さんは料理なんか作らないほうがいいよ……」

キッチンカウンターの中で、紅茶のカップを用意している矩文に実晴は眉を顰めた。

もう《王子様は王子様らしくしていないと駄目》などと言わないことにした。矩文が自炊まがいのことをしても、誰が考えたってそれをみっともないという人はいない。だがそれにもやはり限度があった。

「なんで矩さん、料理ができないの？」

矩文には料理の才能がない。

おいしくなければ見た目も酷い。焦がしたり生煮えだったり、和菓子屋として食品を扱うのに慣れてきたということを差し引いても、実晴のほうが格段にうまい……というか、矩文は下手くそすぎる。

——母に習ってきたから大丈夫だよ。

と言って初日に作ってくれたブイヤベースが魔女が作った闇鍋のような出来だった。味は塩辛く生くさく、愛があっても完食は難しいと思いながら、無理して2／3も詰め込んだら当たった。

その次のすき焼きは佃煮《つくだに》のようで、これも完食ならず。その次のスペアリブは消し炭。《料理をする王子様ってどうなの⁉》と実晴が問い詰める以前の問題だ。

「誰だって苦手なことはあるよ」

深刻でなく笑う矩文に、実晴はついでとばかりに苦情を乗せた。

「歯みがきの泡を口のはしっこにつけてたり、歩きながらあくびしたりもするし、好き嫌いあるし、矩さん、もうちょっとかっこいいと思ってた」

「実晴の前ならがんばろうと思ってたけど、日常的になると無理もできないよ。なるべく改善するつもりだけど、実晴といると、ついリラックスしちゃってね」

「それは……嬉しいけど」

そんなふうに言われると何も言いかえせない。

お酒を飲みかけてソファで眠ってしまった寝顔を見ていたら、安らかで実晴のほうまでホッとする。朝のベッドで無精髭に触れると、妙にセクシーな感じがして悪くないと思いはじめている自分がいる。

「そういう実晴はどうなんだ？　ちゃんと一人前に近づけてるのかな？　先週話した新製品の売り上げの統計を出してみた？」

宣言された通り、矩文の仕事に対する評価は厳しい。会社風というか、おとうさんや坂本が実晴を育ててくれるのとは違う、システム的で客観的な評価を出される。具体的に何をしたか、失敗はどれくらいか、計画に対して達成率はどのくらいか、それにかかった時間と対費用効果はどれくらいか。紙とペンを持たされたらそのまま反省レポートが書ける。矩文が評価するところの実晴の実績は、今のところは実晴の努力は十分だが、スケジュールが散漫すぎて、ひとつひとつに効果が出ていない。伸び率は上がっているものの練習のスケジュールを見直したらもう少し上がるだろうという見通しだ。毎週こうだ。コンサルタントに見張られているのと同じだ。

実晴は、そろそろ来たなと思いながら、冷蔵庫から小さなボックスを取り出した。

「とりあえず連日売り切れ、来週から通販デビューすることになりました」

主力商品に比べて数は少ないが、順調に売り切れを出している。クチコミで来る客は若い層が多く、奥さんがとても明るい顔をしているのが実晴も嬉しかった。矩文のアドバイスでPOPも作ってみた。レジの上にプレートも立てた。パートさんによると効果は抜群らしい。

「あ、これ」と指さす人も多いそうだ。

そして肝心の実晴の腕前なのだが。

「虎に……見える？」

さしだす箱の中には、黄色をベースとしたまんじゅうが二つ入っている。もう矩文に渡すのは十回目くらいだろうか。最近辛うじて虎に見えるようになった……気がする。

「……うん、すばらしいね、虎のようだね」

「いいよ、そこは厳しくしてよ」

褒められると嬉しいが、実晴が見たってどう考えてもお世辞だ。

「急に上手になったみたいだ。もうそろそろ引っ越してきてもいい頃じゃないかな」

「そう来ると思った。まだまだです。でもだいぶん上手になっただろう?」

「うん。はじめの頃より格段に」

デザインし直した虎プリンまんじゅうはまあまあ好評だ。頭の部分に小さな王冠を載せたらどうだろうと提案した。きっと王子様が食べても似合うと思ったからだ。矩文が食べると想像すると、イメージが明確になる分、デザインのアイディアも湧きやすくなった。すぐに採用されて、お客さんの評判も上々だ。

矩文が紅茶を載せたトレーを手にテーブルにやってきた。

「いただきます」

さっそく虎プリンまんじゅうに矩文は嚙みついた。

不格好だが、矩文が手にしていてもまあまあファンシーで似合っていると思う。あとは破れた皮からプリン味の餡子がはみ出さなければもっといい。

「おいしい」

矩文はそう言って、粉の付いた唇でテーブルごしにキスをしてくれた。唇を舐めた舌先からプリンの味がする。

「甘いね」

キスが、か、虎プリンまんじゅうか。どちらもそうだろうと思いながら、実晴もまだまだ不格好な自作のまんじゅうに嚙みついた。

あとがき

こんにちは。玄上八絹です。このたびは、本をお手に取ってくださってありがとうございました。

挿絵を描いてくださった平眞ミツナガ先生には、心より御礼申し上げます。お忙しい中、元気そうな実晴と、素敵な矩さんをありがとうございました。こんな可愛い実晴が作った和菓子がお店に並んでいたら、多少外見がおぼつかなくともお店に通ってしまいそうです。

今回も担当さまには大変お世話になりました。「なんとなくすっきりしない」をすぱーん！と解決してくださる凄腕編集者様です。ありがとうございました！

ここまでお付き合いくださいました読者さまには、心より御礼申し上げます。楽しんでいただけますように。

玄上 八絹

✦初出　俺の初恋にさわるな……………書き下ろし

玄上八絹先生、平眞ミツナガ先生へのお便り、本作品に関するご意見、ご感想などは
〒151-0051 東京都渋谷区千駄ヶ谷 4-9-7
幻冬舎コミックス　ルチル文庫「俺の初恋にさわるな」係まで。

幻冬舎ルチル文庫

俺の初恋にさわるな

2015年7月20日　　第1刷発行

✦著者　玄上八絹　げんじょう やきぬ

✦発行人　石原正康

✦発行元　株式会社 幻冬舎コミックス
〒151-0051 東京都渋谷区千駄ヶ谷 4-9-7
電話 03(5411)6431［編集］

✦発売元　株式会社 幻冬舎
〒151-0051 東京都渋谷区千駄ヶ谷 4-9-7
電話 03(5411)6222［営業］
振替 00120-8-767643

✦印刷・製本所　中央精版印刷株式会社

✦検印廃止

ISBN978-4-344-83496-5　C0193　Printed in Japan